이것이 법이다 173

2023년 12월 21일 초판 1쇄 인쇄
2023년 12월 27일 초판 1쇄 발행

지은이 자카예프
발행인 강준규

기획 이기헌 왕소현 임동관 박경무 강민구 조익현
책임편집 최전경
마케팅지원 이원선

발행처 (주)로크미디어
출판등록 2003년 3월 24일
주소 서울시 마포구 마포대로 45 일진빌딩 6층
Tel (02)3273-5135 **Fax** (02)3273-5134
홈페이지 rokmedia.com **E-mail** rokmedia@empas.com

값 9,000원

ISBN 979-11-408-1348-3 (173권)
ISBN 979-11-255-9575-5 04810 (세트)

자카예프 장편소설

이 소설은 픽션입니다.
등장하는 인물 및 지명 등은 현실과 연관이 없습니다.
또한 소설 내에 나오는 법이나 법리 해석의 경우에도 대중문학의 극적 전개를 위하여 일부분 과장되거나 변형된 것이 존재하니 실제 법과 혼동하지 않으시길 바랍니다.

CONTENTS

자유를 위한 투쟁 7

합법적인 하극상 53

배후의 악 93

그 수준에 맞는 139

피할 수 없는 함정 171

이제 증명은 네 책임 209

최후의 발악 245

자유를 위한 투쟁

김주광은 노형진의 부탁을 승낙했다.

외부에서 아무리 말해 봐야 군대는 바뀌지 않는다는 걸 안 이상 군대가 부서지는 것을 감수하고 개혁을 위해 공격하기로 한 것이다.

"그런데 노 변호사님, 왜 하필 29사단인가요?"

노형진의 계획에 고연미는 이해가 안 간다는 듯 고개를 갸웃했다.

"여기저기서 빠진다고 해도 국방부에서는 문제라고 생각하지 않을까요?"

고연미의 말에 노형진은 고개를 흔들었다.

"그거야 고연미 변호사님이 군대를 몰라서 하시는 말씀입니다. 사실 군대는 그런다고 바뀔 조직이 아니라서요."

"바뀌지 않는다고요?"

"네. 지금까지 들어온 정보에 따르면 일선 부대에서 하위 장교나 부사관 부족 현상이 터진 건 하루 이틀 문제가 아닙니다."

벌써 5년 이상 인원의 부족을 호소하고 있다.

위에 찍소리도 못 하는 군대에서 윗선에 인원 부족을 호소한다는 건 이 문제가 10년 이상 되었다는 의미이기도 했다.

"군대는 문제가 생기면 하위직을 갈아 넣어서 해결합니다."

위에서 해결해 달라 아무리 말해 봐야 소용없다.

그런 경우 위에서 보이는 반응은 보통 현실적인 해결책이 아니라 '정신력이 부족하다.' 또는 '애국심이 부족하다.' 같은 소리뿐이다.

"군대에서 문제가 생겼다는 건 이제 정말 극한에 몰렸다는 소리거든요."

"그런가요? 그런데 그게 29사단과 무슨 관계가 있는지……."

"솔직히 장교가 한두 명이 아니지 않습니까?"

노형진이 만든 회사에서 장교들을 받아들여 줄 계획이지만 모든 장교를 다 받아들일 수는 없다.

"뭐, 상황에 따라 다르겠지만 제가 받아들일 수 있는 장교의 숫자는 잘해 봐야 10% 정도겠죠."

"하긴, 그렇죠."

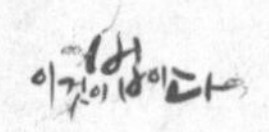

"그런데 군대니까, 10%쯤은 빠져 봐야 다른 사람들을 갈아 넣는 방법으로 해결하려 할 겁니다."

"아!"

10%의 인원이 빠졌다? 그러면 다른 간부들을 갈아 넣으면 된다.

그게 군대 방식이다.

그렇기에 고작 10%는 빼내어 봤자 바뀌는 게 없을 거다.

"하지만 29사단은 전방을 감시하는 중요 방위선입니다."

그곳이 비는 건 군대 입장에서는 심각한 일이다.

"그리고 그런 경우에는 절대로 내부적으로 메꿀 수가 없거든요."

한 지역의 간부들이 통째로 사라진다?

그러면 국방부뿐만 아니라 언론에서도 난리가 날 거다.

한 곳이 통째로 비는 것이기에 느껴지는 충격이 다른 것이다.

전체적으로 10%가 비는 것보다, 전체적으로는 3%만 빌 뿐이지만 한 지역이 통째로 비는 쪽이 보는 사람에게는 훨씬 충격이 크다.

그렇다고 다른 지역에서 긴급하게 배치한다?

"과연 긴급 배치된 장교들이 마음에 들어 할까요?"

더군다나 한국에서는 GOP에 들어가면 승진 라인이 아니고서야 영원히 못 나온다는 말이 있을 정도로, 현실적으로 고립되는 경우가 많다.

실제로 육사 출신들은 편한 자리만 돌지만 다른 곳 출신들은 힘들고 거친 곳에 배치시키는 게 현실이다.

심지어 같은 ROTC조차 소위 명문대라는 곳과 지방대를 차별해서 배치하는 게 군대의 현실이다.

"어지간해서는 다들 싱숭생숭해질 수밖에 없죠."

특히 갑자기 전출된 기혼자라면 배우자와 자식 등 온갖 문제로 더욱 혼란스러울 수밖에 없다.

"그때를 노리면 쉽게 군에서 나올 겁니다."

"아하!"

전부에서 10%를 빼내면 어떻게 막을 수 있겠지만 한 지역을 전부 빼내면 외부에 드러날 수밖에 없다.

"그리고 그 소문이 돌면 다른 부대에 있는 군인들 역시 혼란스러워지겠군요."

"맞습니다."

29사단에서 장교들과 부사관들을 미친 듯이 빨아먹기 시작하면, 군대에서는 거길 포기할 수는 없으니 29사단에 특혜를 주든가 아니면 전반적으로 장교에 대한 처우를 개선해야 한다.

"하지만 특혜는 줄 수 없죠."

그랬다가는 다른 곳에서도 이탈이 시작될 테니까.

"일종의 함정이군요."

"맞습니다."

하지만 그걸 알면서도 국방부에서는 막을 수 없을 거다.

29사단은 마치 개미지옥처럼 주변의 장교와 부사관을 빨아들이는 일종의 블랙홀이 될 텐데, 그걸 해결하기 위해 군대가 쓸 수 있는 방법에는 한계가 있다.

"하지만 무태식 변호사도 그리고 김성식 대표님도, 군대가 장교들을 풀어 주지는 않을 거라고 하던데요?"

"아, 그럴 겁니다."

군대는 사표를 던지는 걸로 끝나지 않는다.

군 내부에서도 정해진 TO를 맞춰야 하기 때문에 TO를 기준으로 사람을 뽑아 계속 유지하려고 한다.

그렇기에 군인을 그만두고 나가고 싶어도 허락을 받아야 한다.

전역계를 제출했는데도 군대에서 허락을 해 주지 않으면? 당연히 전역을 못 한다.

우습게도 전역도 승진도 못 하는데 죽어라 군대에 잡혀서 인생을 낭비하는 꼴밖에 안 되는 것이다.

"그러니까 그걸 막아야죠."

"하지만 무슨 수로요? 국방부는 설득이 먹힐 놈들이 아닐 텐데요."

그 말에 노형진이 고개를 흔들었다.

"국방부는 설득하려고 하면 안 됩니다. 두들겨 패야지."

그리고 노형진은 모든 준비를 한 상황이었다.

차근태는 대위였다.

그는 오늘 살면서 가장 황당한 소식을 들었다.

"아니, 씨발. 저 제대한다니까요?"

"누가 보내 준대?"

한때 차근태는 군을 장기로 할 생각이 있었다.

ROTC로 들어와서 그냥 의무 기간만 마치고 바로 제대하고 싶었던 적도 있지만, 그래도 나라를 지킨다는 마음에 장기를 신청한 것이었다.

하지만 대위까지 승진하고 현실을 보니 자신의 미래가 너무 뻔했다. 중간에 팽당할 게 뻔하고, 이대로라면 나이만 먹고 달리 할 수 있는 것도 없게 되리라.

심지어 소령이던 선배가 나가서 배추 장사를 한다는 말에 충격을 받았다.

나이가 많아 취업이 불가능하니 죄다 그런 식으로 굴러갔던 것.

그래서 이번에는 무슨 수를 써서라도 제대하려고 했다.

5년 차 전역. 그게 아니면 기회가 없으니까.

그런데 날벼락이 떨어졌다.

"너 이번에 제대 못 한다."

"아니, 저 장기 안 한다니까요."

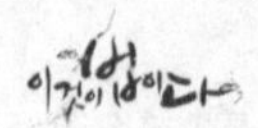

"지랄하지 마. 군대가 어디 산책 나왔다가 들른 동네 마트인 줄 알아? 오고 싶으면 오고 가고 싶으면 가게?"

"저는 진짜 안 해요."

5년 차 전역. 의무 복무를 신청하면 10년간 복무다.

그런데 중간에 5년 차 전역에서 떨어진다? 그러면 남은 5년도 복무해야 한다.

그러면 자기 나이가 40이 넘는다.

40이 넘은 나이에 사회에 나가서 대체 뭘 하란 말인가?

취업? 30만 넘어도 나이 많다고 취업이 안 되는 판국에?

개인 장사? 워낙 짠 월급 탓에 모은 돈도 없는데? 거기다 사회 경험도 전혀 없는데?

그랬기에 차근태는 이번 전역이 너무나 절실했다.

"대대장님, 저 진짜 어떻게 안 됩니까?"

"개소리하지 마. 지금 전역 허락하지 말라고 위에서 명령 떨어졌어."

"아니, 그걸 왜 상부에서 결정합니까?"

"법이 그래."

정확하게는, 이 부분에 대해서는 이해가 일치하지 않는 바가 있다.

전역 신청자들은 신청하면 무조건 전역한다는 의미로 받아들이고, 국방부에서는 전역하려면 허가받아야 한다는 의미로 받아들이고 있기 때문이다.

문제는 그에 대한 판례가 없다는 것.

"그냥 입 닥치고 일이나 해."

"대대장님, 그렇게 일 시킬 거라면 장군 보장이라도 해 주든가요! 저 ROTC입니다! ROTC!"

제대를 못 한다? 그러면 군대에 미래가 있냐?

아니다. 없다.

ROTC는 온갖 몸부림을 치고 뇌물을 뿌리고 장군에게 기어 다녀도 중령이 한계다.

그걸 안 하는 자신? 잘해 봐야 결국 소령으로 인생 조지는 거다.

"솔직히 군에 남아 봤자 결국 저는 그냥 육사 출신 애들 깔개밖에 더 됩니까?"

"끄응."

그 말에 대대장은 신음을 냈다. 그도 이해는 하니까.

그도 육사 출신이고, 주변 대대장도 다 육사 출신이다.

ROTC는커녕 진짜 3사관학교 출신은 한 명도 없는 게 현실이다.

"그래도 어쩔 수 없잖아. 너 나가면? 3중대장은 누가 하는데? 지금 2중대도 중대장 공석이야, 얀마! 1중대장이 겸직하는 거 몰라?"

"아니, 그걸 왜 제가 책임집니까?"

"그만큼 사람이 없다는 거잖아."

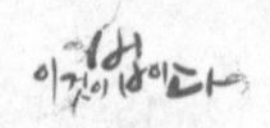

"저도 살아야지요!"

나이 사십 넘겨 사회에 나가서 가족들을 어떻게 먹여 살리란 말인가?

"아, 내 알 바 아니지!"

그러나 그 말에 대대장은 도리어 눈을 부릅떴다.

"이 새끼야! 군에서 명령은 절대적이야! 어? 상명하복 몰라? 상명하복!"

"하지만……!"

"닥치고 그냥 시키는 대로 해! 위에서는 너 제대시켜 줄 생각 없어!"

그 말에 차근태는 할 말을 잃었다.

"나가! 나가라고!"

밖으로 나온 차근태에게는 현타가 왔다.

아니, 그냥 정신이 아득해졌다.

"씨팔."

그는 아무도 없는 창고로 가서 담배를 물었다.

"씨팔, 씨팔…… 씨팔……."

끊임없이 욕이 나왔고 눈물이 흘렀다.

부하들에게도 가족들에게도 보여 줄 수 없는 눈물이었다.

"이제 학교도 보내야 하는데."

그의 딸은 곧 학교에 가야 할 나이가 된다. 그런데 이 두메산골 어디에 학교가 있단 말인가?

그건 결국 그와 가족이 떨어져 살아야 한다는 뜻이다.

그러면 딸과 제대로 만나지도 못하는 채로 몇 년을 살아야 하는 걸까.

"씨팔."

선배가 그랬다, GOP에 오면 죽어서도 못 나간다고.

그 말을 들을 때만 해도 설마라고 생각했다. 그런데 진짜로 그럴 줄이야.

"씨팔, 콱 음주 운전이라도 할까."

이 지옥에서 벗어날 수 있는 방법이 뭐가 있을까.

한참을 고민하던 차근태는 얼마 전 중사 하나가 음주 운전으로 불명예 전역을 당한 게 생각났다.

지금 이 지옥에서 벗어날 방법은 그것밖에 없어 보였다.

어차피 대위 전역이면 연금도 없으니까.

퇴직금을 날리겠지만, 당장 퇴직금이 문제가 아니라 자기 인생이 통째로 날아갈 판국이다.

"아이, 씨팔!"

그렇게 고민하던 그는 다시 한번 주머니를 뒤적거렸다.

그러나 이미 담배는 다 피운 건지 남은 게 없었다.

"씨팔, 왜 이러냐. 미치겠네."

차근태는 한심스러운 얼굴로 멍하니 빈 담뱃갑을 보다가 그대로 구겨서 던져 버렸다.

"염병."

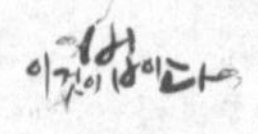

"뭘 그렇게 고민해?"

그 순간 들리는 목소리.

차근태는 번쩍 고개를 들었다가 자리에서 벌떡 일어났다.

어느샌가 한범승이 뒤에서 자신을 바라보고 있었던 것이다.

"충성!"

"응. 이 시간까지 뭐 해? 퇴근도 안 하고."

"네? 아."

그제야 시계를 본 차근태는 자신이 무려 3시간을 여기서 이러고 있었다는 걸 알았다.

"그…… 아닙니다. 중령님은?"

"나 오늘 당직사령이잖아."

완장을 툭툭 쳐 보이는 한범승.

"가족들이 기다리는데 왜 퇴근 안 하고?"

"음, 그게……."

한범승의 말에 차근태는 말을 못 했다.

그런 차근태의 옆에 한범승은 자리를 잡고 앉았다. 그러고는 담배를 꺼내서 내밀었다.

"피울래?"

"네?"

"담배 없는 것 같은데."

"그럼 감사히."

중령이 주는 담배를 거절할 수도 없고 마침 담배도 떨어진

참이었기에, 차근태는 한범승에게서 조심스럽게 담배를 건네받았다.

"전역 때문에 그래?"

"네? 콜록콜록."

"나라고 너처럼 걱정 안 해 봤겠냐."

한범승의 말에 차근태는 놀라서 콜록거렸다.

하지만 한범승은 별로 놀라지도 않고 자기도 담배를 물고 불을 붙이며 말했다.

"육사라고 해서 다 장군 다는 거 아니잖아. ROTC보다는 낫지만."

"그게……."

"그리고 내가 중령 짬에 너 같은 고민 하는 대위들 어디 한두 명 보겠니?"

"……."

그 말에 차근태는 아무런 말도 못 했다.

한범승은 대대장이다. 그리고 대대장들에게 어떤 명령이 떨어졌는지는 들었다.

"전역하고 싶은데 못 하게 됐나 보지?"

"……."

"툭 까고 말해, 인마. 우리 대대도 그래. 너도 알 거다. 우리 대대 2중대 2소대장, 전역하고 싶어서 몸 달아 난리인 거."

"알고 있습니다."

3사관학교 출신 소대장으로 의무 복무가 딱 끝난 시점이다.

의무 복무가 끝난 후에 바로 제대하면 문제가 없지만 실수로라도 장기 복무를 신청하면 군대라는 지옥도에서 빠져나갈 방법이 없었다.

그리고 차근태도, 그 소대장과 마찬가지였다.

“그 멍청한 놈도 실수로 장기 복무를 지원해서는, 쯧쯧.”

“…….”

“이해는 가지. 나도 그 소리 숱하게 들었다. 사회는 지옥이다, 사회에 나가면 고생만 한다.”

눈을 찡그리며 말하는 한범승.

그러나 곧이어 그의 입에서는 생각지도 못한 말이 튀어나왔다.

“고작 스무 살짜리 어린애들한테 할 말이냐, 그게.”

“대대장님?”

“응? 왜?”

“아니, 저기…….”

육사 출신의 다른 대대 대대장에게서 이런 말을 들을 줄은 몰랐기에 차근태는 눈동자가 흔들렸다.

하지만 한범승은 당연하다는 듯 말했다.

“틀린 말은 아니잖아. 너 솔직히 장기 복무할 때 그 소리 안 들었어?”

“들었습니다.”

고작 20대 중반. 사회도 모르고 사회생활도 안 해 본 나이에 군에서 제대하고 나가면 진짜 고생하고 힘든 줄 알았다.

뉴스에서 매일같이 힘들다 지옥이다 그랬으니까.

하지만 나이를 먹자 알 수 있었다, 지옥은 사회가 아닌 군대라는 걸.

"나도 들었고 우리 선배도 들었고 우리 부모 세대도 들었다."

"……."

"그 말에 속아서 장기 신청한 애들이 한둘이냐?"

"네……."

"그런데 솔직히 그래 놓고 젊음만 빨아먹고 버리잖아."

그래, 군의 주장대로 군대가 천국이고 사회가 지옥이라고 치자. 그렇다면 장기가 현명한 선택인 걸까?

아니다. 왜냐하면 진짜 운이 좋은 경우가 아니고서야 대부분 아무런 준비도 없이 사회에 내던져지기 때문이다.

자기들 입으로는 지옥이라고 그렇게 말해 놓고, 젊음을 다 빨아먹고 더는 필요 없다고 생각되면 가차 없이 버리는 게 군대다.

그렇게 버려진 장교들은 나이 먹고 아무것도 할 줄 모르는 채로 사회에서 남들이 최대 20년간 이룩한 것과 싸워야 한다.

경력이 없으니 다른 사람들처럼 과장급이 될 수도 없고 그렇다고 임원이 될 수도 없고 대기업에 들어갈 수도 없다.

경찰이나 소방관에 유리하다지만 그것도 대위급의 하위

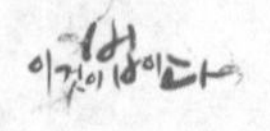

장교나 그렇지, 소령급 이상의 중간급 장교들은 그냥 인생 버리는 꼴밖에 되지 않는다.

"우리 2소대장도 그래서 미치려고 하더라."

"그 2소대장이면……."

"그래, 얼마 전에 애 낳았잖아."

결혼해서 애까지 낳았는데 여기에는 병원도 없고 유치원도 없다. 결국 제대를 못 하면 그냥 여기서 애를 위험하게 키워야 한다.

"여기서 가장 가까운 소아과 병원이 차로 두 시간 거리다. 이해가 가냐? 무슨 대학 병원도 아니고 동네 의원이 그래."

"……."

거리야 얼마 안 된다지만 최전방이라는 특성상 길이 험하고 비포장도로가 태반이다.

"애가 무슨 죄냐, 진짜."

첫 번째 담배가 그사이에 다 타들어 가자 한범승은 두 번째 담배를 꺼내 물었다. 그러고는 차근태에게도 새로운 담배를 건넸다.

"네 마음 알지. 네 딸, 곧 초등학교 갈 나이지?"

"네."

"그러니까 나가야 하는데. 솔직히 말해서 위에서는 지금 전역 자체를 안 시키려고 하는 상황이다. 이번에 3사관학교 미달된 거 들었지?"

"네, 들었습니다."

"그리고 말이다, 이거 아직 불확실한데…… 장교 부족해서 소령들 임기 늘린다고 하더라."

"네?"

"아직 안건만 나온 거긴 한데, 거의 100% 확실시되는 모양이야. 소령급이 너무 많이 제대해서 부족하거든."

그 말에 차근태의 눈이 사정없이 찡그러졌다.

장교에게 있어서 승진은 아주 중요하다. 특히 자신처럼 많은 고민을 한 사람들에게는 더더욱 그렇다.

그런데 소령 임기를 늘린다? 그게 무슨 의미일까?

단순히 소령의 숫자를 늘리기 위해서?

차라리 그런 거라면 맘이라도 편하다.

"혹시 그러면 TO는?"

"당연히 그대로지. 그냥 현직 소령들 기간만 늘리는 거야."

"그러면 저희는 어떻게 되는 겁니까?"

"어떻게 되긴 뭐가 어떻게 돼? 좆 되는 거지."

소령급 인재가 부족하다는 이유로 소령을 늘리는 게 아니라 소령의 복무 기간을 늘린다? TO는 그냥 두고?

그렇게 되면 후임들의 승진은 당연히 불가능해진다.

애초에 시간이 차면 승진하는 것도 아니고, 군 내부에는 장교와 관련된 TO가 다 있기 때문이다.

당연히 소령 TO가 꽉 찬 상황에서 추가로 소령을 뽑지는 않는다.

그 말은, 자신은 대위지만 장기를 해도 소령도 되지 못한 채 기간만 채우고 잘릴 수도 있다는 소리다.

"그건 너무하지 않습니까!"

차근태는 자신도 모르게 소리를 질렀다가 아차 했다.

사실 그만큼 심각한 이야기였다. 왜냐하면 연금 지급은 소령부터이기 때문이다.

그런데 한범승의 말대로라면 소령 TO가 꽉 차서 더 이상 자리가 없으니 의무 복무를 다 채운 후에도 대위로 제대할 수도 있으며, 연금을 받지 못할 수도 있다는 뜻이 된다.

"나라고 뭐 그 꼬라지 보고 싶겠냐? 그런데 윗선이야 뭐 우리 하위직 장교들한테 관심이나 있었나?"

그 말에 차근태는 자신도 모르게 이를 빠드득 갈았다.

"보니까 차라리 음주 운전이라도 하자, 뭐 그런 생각 하고 있지?"

"네? 아, 네……."

"아서라. 그래 봤자 너만 손해야. 네 인생, 네가 망칠 수는 없잖아."

"……."

그 말은 맞다.

그러면 자신의 거지같이 작은 퇴직금마저도 빼앗길 가능성이 크다.

그리고 음주 운전은 사회적으로 용서받지 못하는 행위이기도 하고 말이다.

"정 제대하고 싶으면 이쪽으로 연락해 봐."

차근태는 한범승이 수첩을 꺼내 뭔가 번호를 적어서 내밀자 물끄러미 그를 바라보았다.

"내 번호 아니야, 인마. 널 도와줄 수 있는 분의 연락처야."

"누구인데요?"

"노형진이라고, 변호사다."

그 말에 차근태는 기겁했다.

그간 군대 내부에서 가장 먼저 타격을 일으키고 가장 큰 문제를 일으킨 자가 바로 노형진이었으니까.

노형진 때문에 옷을 벗은 장교만 수백이라는 소문이 있을 정도였다.

정훈 교육 자료를 보면, 노형진이 만든 대한민국 군인회는 거의 북한의 공산당만큼이나 악의 축이었다.

그랬기에 차근태는 노형진의 이름을 알고 있었다.

"노형진 말입니까? 그 소문의……."

"쉿!"

목소리가 높아질 것 같자 한범승은 재빨리 차근태의 입을 막았다.

"너무 목소리 높이지 마."

그 말에 다급하게 다시 목소리를 낮추는 차근태.

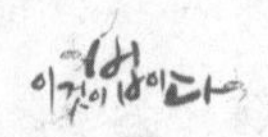

"하지만 대대장님, 그…… 노 변호사는……."

"그래, 우리 군대에 엿을 제대로 먹였지. 하지만 알지 않나. 그러지 않았으면? 지금쯤 더 개판이었을걸."

"……."

"노 변호사는 군대에 엿을 먹인 거지, 군인에게 엿을 먹인 건 아니야."

"그건 그런데……."

"그리고 너도 알지? 김주광 중장님."

"한때 모셨던 분을 모를 수가 없죠."

김주광. 흔하지 않은 장군급의 참군인이었다.

승진이나 돈이 아니라 진짜 군을 위해 헌신한 분이기도 했고 말이다.

"김주광 중장님이 이번에 노형진…… 아니, 마이스터에서 새로 오픈하는 군사 기업에 이사로 들어가신다더라."

"이사…… 말씀이십니까?"

"그래."

그 말에 차근태는 깜짝 놀랐다.

군인 중의 군인인 김주광이 그런 곳에 갈 거라고는 생각 못 했으니까.

군사 비리에 학을 떼던 분이 군사 비리의 가능성이 있는 군사 기업에 들어간다니.

"설마……."

"네가 생각하는 그런 거 아니야. 도리어 정반대다."

"정반대요?"

"너같이 중간에 나간 장교들이 갈 데 없는 게 안타깝다고, 너희 같은 애들 받아 주는 조건으로 가시는 거야. 어차피 군사 기업에 들어가려면 보안 검사는 통과해야 하잖아."

"그렇죠."

"아무래도 장교 출신이면 그게 좀 더 편하기도 하고."

그 말에 차근태는 말문이 막혔다.

눈물이 팽 돌았다.

평소 군사 기업이라면 뇌물과 돈 때문에 치를 떨었던 김주광이다.

그런 그가 자신들을 위해 자존심을 버리고 군사 기업에 들어간다는 사실에, 차근태는 뭔가 존경심이 샘솟았다.

물론 사실은 좀 다르지만, 평소 김주광의 성격을 알고 있는 부하들에게는 그가 군사 기업에 들어간다는 사실만으로도 충분히 놀라웠다.

"하여간 그래서 그분께서는 우리 29사단 장교들을 데려오면 우선 고용해 준다고 하셨어."

"우리 29사단 장교들을 말입니까?"

"그래."

"그러면……."

차근태는 말문이 막혔다.

그 말대로라면 자신은 새로운 곳에 취업할 기회가 생긴 셈이다. 더구나 지금의 그는 취업도 못 하는 상황이 아닌가?

"큭."

갑자기 다시 눈물이 쏟아지는 차근태였다.

조국을 위해 헌신한 결과가 악착같이 단물 다 빨아먹히고 버림받는 처지라니.

"그러니까 이번 주말에 한번 찾아가 봐."

"노형진 변호사를 말입니까? 제가요?"

"나가고 싶은 장교가 너뿐이겠냐? 부사관들도 지금 발을 동동 구르고 있는데."

"하긴……."

군대에 비전이 없다며 때려치우고 싶어 하는 사람들은 넘치고 넘친다.

군대에서 허락을 해 주지 않아 그만두지 못하는 것뿐이다.

이제 장교 떨어질까 봐 벌벌 떠는 시대가 아니다. 도리어 퇴직을 거부당할까 봐 걱정하는 시대인 것이다.

"도와줄까요?"

"도와주겠지. 그러니까 나한테 오라고 하셨겠지."

"대대장님도 말입니까?"

"그래. 부장급 대우해 줄 테니까 오라고 하더라."

확실히, 부장급 대우를 해 준다면 갈 만하다.

"하지만……."

고민하는 차근태의 모습에 한범승이 걱정스럽게 말했다.

"너도 알잖아. 여기서 장기 해 봐야 너 진짜 쪽쪽 빨리고 버려진다. 나이 사십 먹고 트럭으로 배추 팔고 다닐래?"

"……."

"지금 아니면 기회 없어. 천년만년 있을 게 아니니까."

그 말에 차근태는 고개를 끄덕거렸다.

한범승의 말대로 결국 나갈 곳은 나가야 하니까.

"한번 가 보겠습니다."

그렇게 그는 마음을 굳혔다.

"흠, 군 내부에서 그렇게 나온다 이거군요."

"네."

차근태를 만난 노형진은 일단 신중하게 그의 기록을 살폈다. 그러다 혀를 끌끌 찼다.

'생각보다 피해자가 엄청나게 많네.'

사실 전역 문제로 찾아온 건 차근태만이 아니었다.

소위야 의무 복무 기간이 남아서 어쩔 수 없다지만 의무 복무가 끝난 중위급부터 소령급까지, 심지어 중사급부터 상사나 준위에 이르는 부사관들도 찾아왔다.

'당연하지. 나 같아도 그러겠다.'

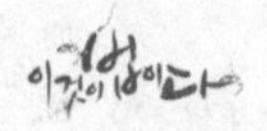

원래 부사관은 한 부대에서 터를 닦아 군 생활을 계속하는 시스템이다.

그런데 군 개혁을 이유로 부사관도 다른 부대로 돌아가면서 근무하게 만들었는데 그 과정에서 집을 구하는 것도, 이사비도, 그리고 아이들 전학 문제도 전혀 신경 써 주지 않았다.

그랬기에 상사급은 평생 살 생각에 구한 집을 팔고 이사하게 생겼고, 거기에 자식들 전학 등의 문제까지 엮이면서 불만이 하늘을 찌르고 있었다.

"일단 상황은 알겠습니다. 실적이 좋으신가 보네요."

"저는 최소한 부지런하게 했습니다."

"네, 알고 있습니다. 그러니까 나오지 못하시는 거죠."

부지런하게 그리고 열심히 일한다?

애석하게도 군대에서는 그런 사람을 더더욱 빨아먹고 싶어 한다.

'그러니 내보낼 리가 없지.'

그게 칭찬이기는 하지만 동시에 약점이기도 했다.

"현실적으로 이 상황에서 전역에 관련된 문제로 이야기하시는 방법은 하나뿐입니다."

"인사 소청 말입니까? 저도 그 생각 중이기는 합니다."

인사 소청이란 국방부로부터 전역 제한 결정이 떨어지면 그에 이의를 제기하는 걸 의미한다.

과거에는 그다지 많지 않았지만 지금은 급속도로 늘어나

는 상황.

하지만 그 말에 노형진은 고개를 흔들었다.

"물론 그것도 방법 중 하나입니다. 하지만 솔직히 말해서 인사 소청을 한다고 해도 받아들여지지 않을 가능성이 높지요. 아시지 않습니까? 현재 군 내부의 인원 부족은 심각합니다."

"끄응……."

"그리고 이런 말 하면 그렇지만……."

노형진은 입맛을 다셨다.

군을 폭삭 무너트리고 재건하는 것도 좋다. 하지만 큰 문제가 하나 있었다.

그랬기에 김주광이 노형진의 계획을 걱정하면서 처음에는 동참하지 않으려 했던 거다.

"뭡니까?"

"군대 탈출은 지능순이라더군요."

"네?"

"아, 요즘 도는 말이랍니다. 찾아온 장교 중 몇 분이 그러시던데. 처음 들으십니까?"

그 말에 차근태는 쓰게 웃었다. 사실이니까.

물론 공개적으로 말은 하지 않는다. 하지만 중위급부터 시작해서 중사급까지, 이제 전역이 닥쳐와서 장기냐 아니면 전역이냐를 선택하는 사람들 사이에서는 아예 하나의 정설로 굳어진 게 바로 '군대 탈출은 지능순'이라는 말이다.

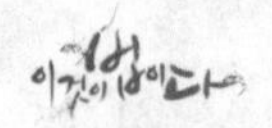

"그만큼, 생각이 있으면 군에 남지 않는다는 소리죠."

"부정을 못 하겠네요."

"거기다가 아무리 부족하다 부족하다 해도 사실 군에서 장기에 떨어지는 사람은 있죠."

"……."

"그 말이 무슨 말이겠습니까?"

"하아~."

누군가는 장기를 하고 싶은데도 떨어지고 누군가는 나가고 싶은데도 못 나간다. 왜 그런 갭이 생길까?

간단하다. 장기에서 떨어지는 장교나 부사관은 진짜 군대에서도 '이 새끼는 답이 없다.'라고 생각할 정도로 질이 안 좋은 경우가 많기 때문이다.

"아시잖습니까? 장교라고 해서 다 같은 장교가 아닙니다. 세상 어디든 다 똑같습니다. 어딜 가나 멍청이가 있고 똑똑한 사람이 있죠. 군대라고 딱히 다르지 않지요."

상사에게 자신이 법적으로 상관이라면서 반말하는 소위는 생각보다 흔하고, 병사들에게 가혹 행위를 하거나 병장에게 마음에 안 드는 병사를 조지라고 청부하거나 자기 휘하 병사인데도 잘나가는 집안 출신 혹은 좀 건장하다고 겁을 먹고 컨트롤도 못하는 놈들이 넘쳐 난다.

"전에는 탈영 같은 일이 장기에 영향을 많이 줬지만 지금은 그렇지도 않다면서요?"

"네. 뭐, 그게 영향이 아예 없다면 거짓말이겠지만……."

조사 결과 지휘 방식에 문제가 없었다면 아주 큰 결격사유까지는 아니다.

"솔직히 말해서 저희는 그런 게 걱정됩니다."

멀쩡한 장교들이 밖에 나오면? 그 후에는?

군대에는 비상식적인 장교들만 남게 된다.

그런데 그런 장교들의 지시를 병사들이 따를까?

애초에 장교라는 것 말고는 병사들이 더 뛰어난 경우도 엄청나게 많은데?

"더군다나 제대로 된 지휘 능력을 기대하기도 힘들죠."

"끄응……."

"그래서 말입니다, 이참에 아예 폭탄을 터트려 보는 게 어떠실까요?"

"폭탄이라고 하시면?"

"동료 장교들의 무능과 부정부패를 까발리는 겁니다."

"동료 장교들의 무능과 부정부패를요? 그건 좀……. 그리고 그건 대한민국 군인회에서 알아서 할 일 아닌가요?"

그 말에 노형진은 단호하게 선을 그었다.

"글쎄요. 그게 배신일까요? 그리고 애초에 그 정도 부정부패를 고발할 생각도 없는 분이라면 저희 측에서도 받을 수 없습니다."

"네? 어째서요?"

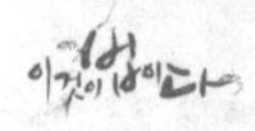

"저희는 군사 기업입니다. 보안이 생명이죠. 부정부패에 관대한 분이 들어와 군사보안이나 기술을 유출할지 어떻게 압니까?"

그 말에 차근태는 자신도 모르게 입술을 깨물었다.

우기는 것 같기는 하지만 또 틀린 말은 아니다.

군사 관련 정보를 캐내기 위해 북한과 중국이 눈이 벌게져 있는 건 딱히 비밀도 아니고, 하물며 노형진의 말에 따르면 앞으로 일하게 되는 곳은 최신 무기 공장이다.

그런 곳에서 일하면서 기술이나 정보를 빼낼 만한 사람은 당연히 미리부터 걸러 내야 하는데, 눈앞에서 벌어지는 부정부패를 묵인하는 자라면?

"그리고 들으셨겠지만 김주광 중장님은 후임들을 위해 본인의 신념을 꺾으셨습니다. 그런데 자기 살겠다고 후임들과 병사들에게 폭탄만 던지고 오는 사람들을 받는 건 김주광 중장님 얼굴에 똥칠하는 짓 아닙니까?"

그 말에 차근태의 얼굴이 확 붉어졌다.

그럴 수밖에 없었다. 자기 생각만 했다는 사실이 너무 창피했으니까.

가장 존경하는 사람은 자신을 위해 신념을 꺾었는데, 정작 자신은 이제 볼일도 없는 쓰레기 놈들을 위해 입을 닥치겠다고 했으니.

"미안합니다. 제가 생각을 잘못했군요."

"그리고 내부 고발은 군 내부의 처벌 대상이 아닙니다."

군에서는 내부 고발을 끔찍하게도 싫어한다.

물론 고위 범죄는 대한민국 군인회 덕분에 많이 잡았다. 하지만 하위직 범죄는 아직도 못 잡은 게 많다.

"저 역시도 그런 내부 고발로 인해 제대당한 입장이고요."

"네?"

"원래 군에서 군 검사였습니다만, 장군들을 건드렸더니 뜬금없이 복무 부적합이 떨어졌습니다."

물론 노형진은 그 사실에 슬퍼하기는커녕 환호했다.

애초에 군에 딱히 좋은 감정을 가지지 않은 사람이었으니까.

"그런……."

"저희는 차근태 대위님이 군을 나오셔서 취업하시겠다고 하면 최선을 다해서 소송을 도와드릴 겁니다. 하지만 내부 고발이나 부패를 묵인하시겠다면 그냥 군에 계시는 걸 추천드립니다."

딱 잘라서 말하는 노형진의 태도에 차근태는 고개를 끄덕거렸다.

"주저하지 않겠습니다. 필요하다면 부정부패에 대해 입을 열도록 하죠. 그런데 그런다고 해서 제가 군에서 나올 수 있을까요?"

"나올 수밖에 없죠. 아까 말씀드렸다시피 군대는 내부 고발자나 정의로운 사람을 싫어합니다."

그러나 내부 고발자 보호법 때문에 그들이 법적인 처벌을 하거나 할 수는 없다.

인사고과에 마이너스를 주거나 그걸 핑계 삼아 어디 오지로 보내거나 할 수는 있겠지만 말이다.

"하지만 어차피 나올 거 아닙니까?"

"그렇군요."

어차피 나올 거다. 그런 상황에서 인사고과가 무슨 의미가 있단 말인가?

"같이 죽자고 덤비세요. 쫄리는 놈이 먼저 내빼는 법입니다."

노형진의 말에 차근태는 고개를 끄덕거렸다.

"야, 이 미친 새끼야!"

오밤중에 부대로 끌려온 대대장 이성일은 길길이 날뛸 수밖에 없었다.

그도 그럴 게 차근태가 그의 휘하 중대장을 형사 고발했기 때문이다.

형사 고발이 들어온 이상 당연히 헌병대에서는 조사에 들어갈 수밖에 없었다.

문제는, 이게 웃으면서 덮을 수 있는 일이 아니라는 것이었다.

"너 지금 미쳤어? 어? 아니, 감히 선임을 고발해?"

"애초에 군 생활을 잘했다면 제가 고발할 이유도 없었을 겁니다."

"뭐?"

"선을 넘어도 너무 넘었지 않습니까?"

그 1중대장은 문제가 많은 자였다.

장기가 된 3사 출신이다. 같은 중대장에 차근태의 선임이었지만, 차근태는 원래부터 그를 싫어했다.

"군 내 부식을 빼돌리는 건 절도 행위입니다. 조금 맛을 보는 것도 아니고 아예 작심하고 빼돌리는데 그걸 모른 척하는 게 말이 된다고 생각하십니까?"

"뭐?"

"제가 몇 번이나 보고드렸잖습니까?"

1중대장은 병사들의 부식을 빼돌려 왔다. 그것도 적잖이 빼돌려 왔다.

당연히 그만한 양을 혼자서 처먹었을 리는 없으니 외부에 팔았을 가능성이 높다.

"지난번에 피자가 외부에서 들어왔을 때도 장교들끼리 먹겠다고 세 판이나 가지고 갔습니다, 세 판. 돼지 새끼도 아니고, 라지 사이즈 세 판을 가지고 가면? 그걸 다 처먹을 수는 있습까? 설혹 그렇다 해도 병사들은요? 병사들은 뭘 먹습니까?"

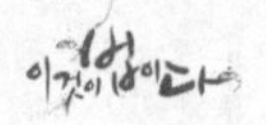

그 말에 이성일은 얼굴이 시뻘게졌다.

그도 그럴 게 거기에서 자신도 걸리는 게 있었기 때문이다.

외부에서 위문품으로 대량의 피자가 들어온 적이 있었다.

원래대로라면 병사들의 먹성을 다 감당해 낼 수 있을 정도로 분배되진 않더라도 병사 4인당 한 판씩, 맛은 충분히 볼 수 있을 정도로는 분배되어야 했다.

하지만 질 안 좋은 장교들과 부사관들이 몇 판씩 마구 빼갔고, 그 결과 원래 병사 4인당 한 판이었던 피자는 10인당 한 판으로 쪼그라들었다.

애초에 피자가 여덟 조각으로 나뉘는 게 일반적이니 일부 병사들은 아예 맛도 보지 못한 거다.

“이 새끼가 지금 그걸 말이라고!”

이성일이 이렇게 화를 내는 건 당연했다.

왜냐하면 그때 그도 피자를 무려 세 판이나 가져갔으니까.

자기가 먹으려던 건 아니었고 자식들을 먹이려는 좋은 마음에서 집에 가져간 거였다.

하지만 그건 그와 그의 애들에게나 좋은 마음에서 행한 좋은 일이지, 명백히 군에 기증된 물품을 절도한 행위다.

“씨팔, 야, 그래서 고발했다? 그럼 나도 고발할 거냐? 어? 나도 고발할 거냐고!”

“대대장님도 그때 가져가셨습니까?”

“그래! 가져갔다, 이 새끼야!”

대대장은 직급이 중령이다. 그리고 중령이면 직접적으로 장군이라는 자리를 슬슬 넘보는 시점이다.

그렇기에 이성일은 자신의 부대에 문제가 생기는 걸 극도로 싫어했다.

그런데 병사도 아닌 중대장이 이런 대형 사고를 칠 줄이야.

차분하게 이어지는 차근태의 말은 더 어이가 없었다.

"그러면 해야지요."

"뭐?"

"당연히 해야지요. 당연히 고발할 겁니다."

"너 지금 전역 안 시켜 줬다고 지랄하는 거지?"

"네."

"허? 그래서 이렇게 분란 행위를 일으키겠다?"

"분란을 일으키는 게 아닙니다. 저는 규정대로 범죄행위를 고발하는 것뿐입니다."

군법상 범죄를 고발하는 행위는 하극상이 아니다.

물론 실제로는 하극상으로 보고 온갖 보복을 하지만.

그러나 차근태처럼 나가려고 같이 죽자고 물어뜯는 사람에게 인사고과 따위가 무슨 의미가 있단 말인가?

'씨팔, 이 좆같은 새끼가.'

분노를 참지 못해 이성일의 얼굴이 시뻘게졌다.

"이 개 같은 새끼. 넌 내가 지켜보겠어. 꺼져."

"헌병대에는 연락해 두겠습니다."

"이 개 같은 새끼가 끝까지!"

그러나 이미 나가라는 말을 들은 차근태는 문밖으로 걸어 나가고 있었다.

이성일은 이를 박박 갈았다.

"좆같은 새끼. 어디 대위 따가리가 고발? 고발? 하! 고발해 보라지."

그러고는 어딘가로 전화를 했다.

"어, 박 중령? 오랜만이야. 아, 내가 부탁할 게 하나 있어서 말이지. 다름이 아니라 사건 하나만 덮어 줘. 이번에 기분 상한 새끼 하나가 고자질을 했는데, 별거 아니야. 피자 몇 판 빼먹은 걸 가지고 지랄이네. 그거 그냥 덮는 거 어렵지 않지? 그럼! 내가 나중에 술 한잔 살게."

그렇게 짧은 통화를 마친 이성일은 미소를 지었다.

"고작 대위 새끼가, 어디 한번 지랄을 해 봐라. 위에서 조사를 하나."

비웃음으로 가득한 이성일.

하지만 그는 차근태 뒤에 있는 노형진이 그의 행동을 예상하고 있다는 것은 전혀 알지 못했다.

"뭐, 이제는 너무 당연해서 새삼스럽지도 않군."

김성식은 귀찮다는 표정으로 말했다.

"그렇겠죠. 여성 장교나 부사관에 대한 강간도 최고 존엄 장군님들을 위해 은폐에 최선을 다하는 군 수뇌부가 고작 이런 자잘한 범죄로 기소를 할 리가 없죠."

물론 장군도 아니고 고작 중령, 즉 대대장이지만, 이성일은 육사 출신이다. 그리고 육사 출신은 군 내부의 주요 보직을 싹쓸이하고 있다.

즉, 그의 전화 한 통이면 같은 육사 출신이라는 이유 하나만으로 알음알음 사건을 덮어 줄 놈들이 넘쳐 난다는 거다.

"큰 사건이라면 모를까, 고작 피자 몇 판 훔쳐 간 거니까 딱히 심각해 보이지도 않을 테고요."

노형진은 그렇게 말하면서 고연미를 바라보았다.

고연미는 혀를 내둘렀다.

"그래서 피자를 보내라고 하신 건가요?"

"네."

"아니, 절 불러들여서 뭔 짓을 하시려고 하나 했더니."

"이게 참 애매하거든요."

차근태는 피자를 훔친 걸로 고발했다. 그 피자는 과연 어디에서 왔을까?

사실 피자의 가격은 싸지 않다. 아무리 이동식 피자 차량을 동원해서 현장에서 구웠다 해도 한 판에 2만 원은 한다.

한국에서는 상비 사단, 즉 완편되어서 언제든 움직일 수

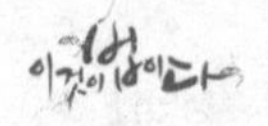

있는 부대 기준을 사백 명으로 잡는다.

상비 사단이란 병력의 75% 이상을 평시에도 유지하고, 전쟁 발발 시 공석 인원을 예비군으로 보충해서 언제든 움직일 수 있는 부대를 의미한다.

그리고 최전방에 있는 29사단은 명백한 상비 사단이다.

그러니 4인당 한 판씩 배분할 경우 무려 백 판이 필요하다.

즉, 대량 구매라 한 판에 2만 원이라고 잡아도 피잣값만 200만 원이라는 거다.

과연 그 돈을 흔쾌히 내면서까지 피자를 보내 줄 사람이 누가 있을까?

"이런 건 연예인이 보내 줘야 좀 각이 살죠."

"하긴, 그렇기는 하죠."

"그래서 에이식스는 뭐라고 하던가요?"

"뭐, 기가 막혀 하던데요?"

에이식스는 한국에서 한창 잘나가는 보이 그룹으로, 이제 막 글로벌 시장에 뛰어들고 있다. 그리고 업무적으로 한때 연예인이었던 고연미 변호사와 밀접한 관련이 있었다.

고연미 변호사가 원래 아이돌 출신이라 그쪽에 대해 잘 알아서 연예계 사건들을 전담하다시피 하다 보니 연예계에서는 아주 유명한 사람이기도 했고, 데뷔 시기에 따라 선후배 관계가 정해지는 업계이다 보니 신인들이나 활동 중인 가수들이 인사하러 오기도 했으니까.

"자기들이 보낸 피자를 장교들이 빼돌렸다는 소식에 겁나 빡쳐 하더라고요."

"그랬겠죠. 자기들도 아니까."

노형진이 에이식스를 고른 이유는 간단하다.

그들은 군필이다.

여섯 명의 멤버 전부가 군대를 일찍 다녀온 덕분에 팬들 사이에서는 소위 '군필돌'이라고 불리는 게 바로 에이식스다.

"다들 군대에 갔다 왔으니 질 나쁜 장교들이 있다는 것도 잘 알죠."

"네, 그래서 SNS에 올려 달라는 부탁도 잘 들어줬어요. 오늘 밤에 올라갈 거예요."

고연미의 말에 노형진은 기대로 가득 찬 미소를 지었다.

"올라가고 나면 국방부에서 뭐라고 할지 궁금하군요, 후후후."

연예인들의 SNS는 기자들에게는 언제나 먹잇감이자 풍부한 뉴스의 원천이다.

연예인 중 누군가가 실수라도 하기를 바라고, 또 혹시 모르는 개인적인 사건이 터지기를 바라는 게 연예부 기자들이다.

당연히 에이식스가 올린 글은 기자들 사이에서 빠르게 퍼졌다.

—우리가 후배 장병들에게 보낸 피자 훔쳐 간 장교님들아, 그거 먹고 배부르냐?

분노에 찬 노골적인 글은 당연하게도 연예 뉴스로 빠르게 퍼져 나갔다.

그리고 그걸 본 사람들은 해당 문제에 관심을 가질 수밖에 없다.

왜냐, 그런 일을 당한 사람이 한두 명이 아니었으니까.

—잘하는 짓이다. 이제 병사들 피자 들어온 것도 빼돌리냐?

—군에 있을 때 군수계였는데, 빼돌리는 게 한두 개가 아니다. 피자? 밀가루에 고추장까지 빼돌리는 게 장교들이더라.

—나 대대에 인원이 400명인데 명절이라고 수박 네 통 나오더라. 크크크, 과연 그게 처음부터 네 통이었을까?

누군가에게는 그냥 '군대가 군대 했다.'라는 느낌의 사건이었을 거다.

하지만 슬슬 정보가 추가되면서 상황은 걷잡을 수 없을 만큼 커져 갔다.

해당 부대원, "나는 못 먹었다."

해당 부대 제보자의 증언에 따르면 피자가 너무 부족해서 절반 이상의 병사들이 먹지 못했다고…….

그냥 '두어 판 사라졌겠지.' 하던 안일한 생각이 오산이었음이 밝혀지는 상황.

그도 그럴 게, 결과적으로 열 명당 여덟 조각이 주어졌다.

의도대로라면 한 명당 두 조각씩은 피자가 배당되었어야 하지만 실제로는 누군가는 아예 냄새도 맡지 못한 상황이라는 것.

이는 정황상 피자를 빼돌린 사람들이 많다는 것을 의미한다.

그리고 지금까지의 군대의 상황을 감안하면, 범인은 장교들과 질 낮은 짬이 찬 놈들일 가능성이 높다.

그리고 그 시점에 맞춰서 노형진은 슬쩍 내부 고발을 흘렸다.

해당 피자 절도 사건, 익명의 제보자가 헌병대에 제보하였으나 국방부에서는 은폐 지시

물론 진짜로 은폐 지시가 내려가지는 않았을 거다.

고작 피자 몇 판짜리 사건을 국방부 차원에서 은폐하려 할 리가 없으니까.

하지만 알 게 뭔가?

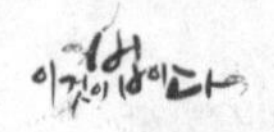

어차피 사건은 터졌고 군대에서 이런 일은 비일비재하다.

-뭐, 기부 물품이나 증정품 횡령하는 게 하루 이틀 일도 아니고.

-뭔 소리임?

-헌혈차가 부대에 들어가면 차 안에 있는 초코파이 커다란 박스째로 가져가는 놈들도 있더라. 그거 헌혈받는 간호사분들도 항의도 못 해. 그거 항의하면 다음번에 헌혈 못 받거든.

-와, 선 넘네?

당한 게 있고 본 게 있는 사람들의 경험담이 쌓여 가며 일은 더욱 커져 갔다.

당연히 이성일에게는 날벼락이 떨어졌다.

빡!

뭔가 부러지는 듯한 소리.

주저앉았던 이성일은 후다닥 자리에서 일어났다.

아프다고 티를 내면 영원히 쉬게 될 테니까.

"이 새끼야! 미쳤어? 어?"

이성일에게 화를 내는 사람은 다름 아닌 29사단의 사단장 최송보 소장이었다.

"피자? 피이자? 뭐, 돈을 횡령한 것도 아니고 물건을 거하게 빼돌린 것도 아니고, 대대장이라는 새끼가 고작 피이자?"

빠악!

다시 한번 조인트를 까인 이성일은 휘청거리면서 넘어갔다.

그러고는 바로 자리에서 일어나려고 바닥에서 비비적거렸다.

"하? 피자? 이 미친 새끼가! 너 지금 뭔 짓을 했는지 알아?"

'강철 나팔 29사단'이라 불리던 이곳은 이제 '피자 도둑 29사단'이라 불리고 있었다.

사단장 입장에서는 기가 막혀서 말이 안 나올 지경이었다.

"시정하……."

"시정? 이걸 어떻게 시정할 건데? 씨팔, 언론에서 이제는 군대가 피자까지 절도한다고 씹어 대고 있는데, 어떻게 덮을 건데!"

"……."

"너 생각이 있는 거야, 없는 거야?"

"시정하겠습니다."

"그놈의 시정은 도대체 몇 번이나 해야 하는데!"

그렇게 한참을 욕먹고서야 이성일은 최송보에게 사건의 전말을 말할 기회를 얻을 수 있었다.

"그러니까 전역 거부당한 새끼가 미쳐서 이 지랄을 했다?"

"네, 장군님."

그 말에 최송보는 기가 막혔다.

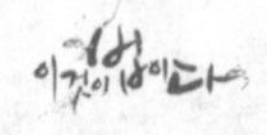

"미친…… 돌겠네."

그도 안다, 전역하고 싶어서 환장한 놈들은 컨트롤이 안 된다는 거.

차라리 전역이 확정된 놈들이 말년에는 떨어지는 낙엽도 조심한다.

그건 병사만이 아니고 장교도 마찬가지다.

그런데 나가고 싶은 군대에 강제로 남게 생긴 사람이 조심할 게 뭐가 있겠는가?

"젠장, 얼마 전에도 다른 대대에서 미친놈이 사고를 크게 쳤는데."

"사고라니요?"

"몰라도 돼, 이 새끼야!"

최송보는 머리가 지끈거렸다.

그도 그럴 게, 휘하의 다른 대대에서도 전역을 거부당한 중사 한 명이 막 나간답시고 컴퓨터에 호랑이를 띄웠기 때문이다.

컴퓨터에 호랑이를 띄운다는 건 국방 컴퓨터에 미인가 접속을 한다는 의미다.

아주 큰 잘못은 아니지만 또 그냥 넘어갈 수도 없는, 그런 미묘한 잘못이다.

큰 형사처벌을 받거나 할 죄는 아니고, 조사야 받겠지만 보안 위반으로 기록이 남아서 인사고과가 깎이는 실수.

문제는 이게 실수가 아니라는 거다.

전역이 거부당하자 다음 신청에서 안 좋은 점수를 받기 위해 고의적으로 한 티가 너무 난다는 것.

'미치겠네.'

이건 그나마 무난하지, 어떤 놈은 전역하겠다고 술 마시고 운전해서 경찰서에 가서 자수하기도 했다.

'어쩌다가…….'

지금 그 문제로 최송보는 마음이 편할 수가 없었다.

그도 그럴 게 이성일이나 휘하 대대장들에게는 말을 안 했지만 현재 29사단의 하위 장교의 4분의 3이 전역을 신청했기 때문이다.

상식적으로 일반 부대 장교의 5분의 1만 전역을 신청해도 부대가 무너질 판국이다.

그런데 하위 장교의 4분의 3이 전역을 신청했다는 것은, 사실상 극히 일부와 의무 복무 기간 중인 장교를 제외하고는 전부 전역을 신청했다는 의미다.

'그렇잖아도 그것 때문에 국방부에서 감찰 나온다고 했는데.'

국방부도 이런 이상 징후를 모를 리가 없었고, 그래서 조만간 감찰을 나온다는 소식에 머리가 깨질 것 같은 상황이었다.

이 정도로 상황이 지랄이 된 건 결국 자신의 지휘 능력이 원인일 수밖에 없으니까.

어떻게 해서든 대장을 달고 싶은 최송보에게 있어서 이건 심각한 문제였고, 사건을 무마하기 위해 거의 무조건적으로 전역 거부를 한 것이었다.

'그런데 이런 식으로 나온다 이거지.'

고의적으로 사고를 치거나 해서 인사고과를 깎거나, 아니면 내부 고발을 통해 자신이 군 내부에 있으면 안 되는 폭탄임을 증명한다고 하자 최송보는 머리가 아파 왔다.

"하아~ 씨팔."

그렇다고 무려 4분의 3이나 되는 장교들을 전역시킨다?

아마 다음 날로 자신은 잘릴 거다.

그 생각에 최송보는 미칠 것 같았지만, 방법이 없었기에 그저 머리만 부여잡을 뿐이었다.

합법적인 하극상

차근태는 이성일에게 불려 갔다.

이성일은 이를 박박 갈면서 차근태에게 말했다.

"야, 차근태."

"대위 차근태."

"그런다고 우리가 널 봐줄 것 같아?"

그 말에 차근태의 얼굴이 굳어졌다.

"씨팔, 고발해 봐. 고발해 보라고."

"잘 못 들었습니다?"

"다시 고발해 보라고, 이 새끼야. 그래, 너 끝까지 가자. 너 승진 꿈도 꾸지 마. 전역? 그것도 꿈도 꾸지 마. 넌 무조건 내가 쥐고 간다. 무슨 말인지 알아들어? 넌 끝까지 대위로 남아서 나이 처먹은 뒤에 나가서 비렁뱅이질이나 하라 이거야.”

“그럴 거라면 차라리 저를 놔주시지요.”

“조까, 시팔 새끼야. 내가 네 인생 조진다. 알겠어? 너 어떻게 해서든 붙잡고 있을 거야.”

눈이 반쯤 돌아간 이성일은 그렇게 씨근덕거렸다.

하긴, 자신의 승진 길이 막혔으니 이렇게 지랄하는 것도 이해가 된다.

“개 같은 새끼야, 꺼져.”

“진짜 이러실 겁니까?”

“진짜 이러실 겁니까? 하, 미친 새끼가! 이제 고작 대위 따위가 중령한테 질문을 해? 그래, 이럴 거다. 어쩔래?”

“알겠습니다. 충성.”

이성일의 말에 차근태는 그저 말없이 밖으로 나왔다.

그러고는 허공을 보면서 긴 한숨을 쉰 뒤 조용히 옆 대대로 향했다.

“차 대위, 어쩐 일이야? 일과 시간에.”

한범승은 서류를 보다가 차근태가 들어오자 고개를 갸웃했다.

“한 중령님, 그…… 이 중령님이 말입니다.”

“뭐래? 죽어도 제대 못 시켜 준대?”

“네.”

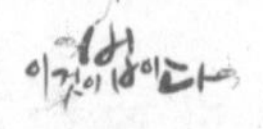

"그런데 뭐 그런 얼굴을 해? 그럴 거라고 이야기 들었잖아."
"저는 이렇게까지 할 줄은 몰랐습니다."
"그럴 거야. 그런데 소문 들어 보니 지금 우리 부대에 문제가 많아."
"많다니요?"
"4분의 3이 전역을 신청한 모양이야."
그 말에 차근태의 표정이 굳었다.
많다는 소문은 들었지만 설마 그 정도로 심할 줄은 몰랐으니까.
"진짭니까?"
"확실한 건 아니야. 소문은 소문이니까. 하지만 인사 쪽에 있는 내 동기가 한 말이니 뭐 크게 틀리진 않겠지. 그리고 그 동기도 이번에 전역 신청했다가 빠꾸 먹었고."
그런 상황이라면 아마도 그 말이 사실이리라.
"최송보 소장이 온갖 병신 짓을 저질렀으니 이해는 가지."
한범승은 그렇게 말하면서 혀를 끌끌 찼다.
"그러니까 너무 걱정하지 마. 이거 다 노형진 변호사가 예상한 거잖아."
"그건 그렇습니다만……."
"그러니까 부담 가질 거 없어."
한범승은 노형진을 믿는다는 듯 미소 지으며 말했다.
"이게 보니까, 적이면 머리 아픈데 아군이면 이렇게나 든

든한 사람이 없더라고, 하하하."

⚖

노형진은 한범승의 말을 듣고는 피식하고 비웃음을 날렸다.

"이건 뭐 너무 뻔해서 말이 안 나오네."

"뭐가 말입니까?"

"군대에서 정책을 슬쩍 바꿨나 봅니다."

"뭔데요?"

"개기면 전역 안 시켜 준다네요."

"허? 미친! 아니, 왜요?"

"다 같이 죽자 이거죠."

어차피 내보내고 나면 자기들이 망한다. 그러니까 너희도 같이 죽자 이거다.

무태식이 눈을 찡그렸다.

"그렇게 되면 자기들 인생이 조져질 거라는 걸 알면서도요?"

"네. 그만큼 군 내부 상황이 안 좋다는 소리겠죠."

노형진이 내부 고발을 하라고 한 이유는 간단하다.

내부 고발을 하면 군부대에서는 그를 포용하려고 하지 않는다.

왜냐, 그렇게 되면 자신들이 온갖 더러운 짓을 할 때마다 신고가 들어갈 가능성이 높기 때문이다.

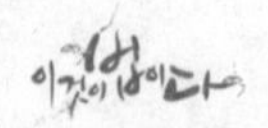

그래서 내부 고발자는 무슨 수를 써서라도 방출하는 게 군대다.

노형진도 그렇게 군대에서 쫓겨 나왔다.

"그런 존재를 그냥 둬야 할 만큼 조직이 흔들리고 있다는 거죠."

조직이 있어야 개인이 있기에, 보통 개인의 이익을 우선시하는 놈도 최소한 조직은 유지하려고 한다.

물론 기업의 경우는 아예 조직을 파괴해서라도 돈을 해 처먹으려 하는 경우가 많지만, 그거야 해 처먹을 게 많은 환경이라 가능한 거다.

군대 같은 곳은 구조적으로 해 처먹는 데 한계가 있을뿐더러 무너지는 조직도 아니다.

군대에서 해외 계좌를 개설해서 군의 운영비 같은 걸 송금할 수는 없으니 결국 해 먹어 봐야 뇌물 정도다. 일반적으로는 말이다.

"자기가 잘리지는 않을 거라 확신하니 자존심 싸움을 하려는 거죠."

네가 버티지 못하고 자살하든가, 아니면 내가 버티지 못하고 자살하든가.

"그리고 대부분 패배자는 선한 사람들입니다."

왜냐하면 독하지 못하니까.

그리고 가족들이 고통받는 걸 보면서 더더욱 힘들어하고

더더욱 빨리 무너진다.

"하긴, 이해가 가긴 하는군요."

무태식도 고개를 끄덕거렸다.

자기가 갑이라 생각하면 악에 받쳐서, 본인의 손실까지도 감수하고 상대방을 말려 죽이려고 하는 사람들이 있기 때문이다.

"자기는 자잘한 범죄에 대한 고발이나 당하는 수준이지만 너는 군에서 승진도 못 하고 나가지도 못한 채 인생을 허비하게 해 주겠다 이건가?"

조용히 듣고 있던 김성식이 짜증 난다는 듯 말했다.

"네."

"이해가 가는군."

자기는 비호 세력이 있으니 자잘한 걸로 고발당해 봐야 딱히 문제 될 게 없다는 거다.

무태식이 심각한 표정으로 입을 열었다.

"그러면 이건 어떻게 해결합니까? 솔직히 우리 계획은 이게 아니었는데."

본인들의 손실을 피하기 위해서라도 양심적인 사람을 내보낼 거라 생각했다. 그런데 그러지 못할 정도로 군 내부가 이미 심각하게 무너진 상태라니.

"뭐, 상관없습니다. 멍청한 짓을 한 건 그놈들이니까요."

"그놈들?"

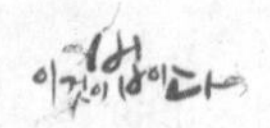

"네."

노형진은 고개를 끄덕거렸다. 그리고 말했다.

"군대는 무너지지 않습니다. 아니, 무너질 수가 없죠. 무너져서도 안 되고요. 그런데 군대가 무너지지 않는 것과 부대가 무너지지 않는 건 전혀 다른 문제거든요."

"뭐?"

"군대는 무너지지 않죠. 하지만 생각해 보면, 부대가 와해되는 경우는 무척이나 많습니다."

노형진의 말에 무태식과 김성식은 고개를 끄덕거렸다.

"그렇기는 하지. 아예 사태가 수습되지 않거나 답이 없다 싶으면 국방부에서 최후의 수단으로 꺼내는 게 군부대 해산이니까."

가령 군 내 폭력 사건이 터졌다고 치자.

그런데 그 사건의 규모가 너무 커서 열댓 명을 영창 보내거나 두어 명을 교도소에 보내는 것으로는 마무리할 수 없는 경우가 있다.

장교가 부대 내 병사들에게 신병이나 소위 폐급이라 불리는 병사에 대한 폭행이나 왕따를 사주해서 조직 전체가 한 병사에 대한 가혹 행위에 동참해 자살하게 만들었다거나, 아니면 조직 전체가 군의 부정부패에 완전히 찌들어서 도무지 고칠 수 없는 경우.

이런 경우 최종적으로 선택할 수 있는 방법이 바로 군부대의 해산이다.

“사실 그렇게 와해되어서 다른 부대로 가 버리면 일병 이상의 계급은 부당 행위를 못 하거든요.”

그나마 일병까지는 가혹 행위의 피해자인 경우가 많고 아직은 부대 분위기를 익혀 가는 시점이기에 다른 부대에 가도 새로 적응하는 데 문제가 없다.

하지만 상병급 이상이 되면 부대 실세로 여겨지고 사실상 부대 내 가혹 행위의 핵심이 되어 버리기에 다른 곳에서의 적응이 쉽지 않다.

애초에 그들이 배치된 부대에서는 그들을 자기네 사람으로 인정하지 않으려고 한다.

병사들도 그렇고 장교들도 그렇다.

왜냐, 가혹 행위를 했던, 그래서 부대가 박살 났던 곳에 있었던 놈을 인정하고 그 행동을 방치하면 자신들의 부대에도 비슷한 일이 발생할 가능성이 커지기 때문이다.

“그래서 상병급 이상의 병사들은 다른 부대에 가도 실세는 커녕 진짜 유령처럼 있다가 나가죠.”

제대로 녹아드는 경우가 아예 없는 건 아니지만 그건 어디까지나 제대로 군 생활을 하던 중 소속 부대가 일부 때문에 박살 나서 억울하게 흘러오거나 했을 때의 이야기고, 가혹 행위자로 징계받고 오면 장교들에게는 적색경보 대상이다.

“중요한 건 그거죠, 부대가 와해될 수도 있다.”

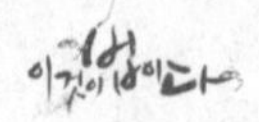

"설마……."

"네. 그리고 부대가 와해되는 상황이라면 그 부대에 있던 장교들의 커리어는? 사실 끝난 거죠."

노형진은 씩 하고 웃었다.

"대대장요? 아무리 발악해도 와해된 부대의 대대장이었다는 커리어는 절대 못 지웁니다."

아무리 뇌물을 써도, 아무리 읍소를 해도, 그 정도면 사실상 군인으로서는 끝장났다고 봐도 무방하다.

그러나 김성식은 걱정스러운 표정이었다.

"하지만 부대를 와해시키는 게 쉬운 일은 아닐 텐데. 자네도 알다시피 군 내부에서 부대를 해체하고 다시 새로 구성하는 건 엄청나게 복잡한 일이라네."

군대도 이러한 선택은 최악의 수로 여겨 가급적 하지 않으려 한다.

왜냐하면 부대가 해체되는 건 단순히 그 부대만의 문제가 아니기 때문이다.

하나의 부대가 해체되면 다른 부대에서 그 공백을 메꿔야 하는데, 이런 경우 다른 부대가 통째로 옮겨 오는 게 아니라 이등병부터 병장급까지 맞춰서 보내야 하니까.

장교도 마찬가지고 말이다.

더군다나 부대가 와해되면 그 지역의 작계가 완전히 의미가 없어진다.

새롭게 오는 인원들은 이 지역에 대해 아무것도 모르기 때문이다.

그래서 부대가 해체되고 새롭게 자리 잡는 데에는 못해도 3년에서 5년은 걸리기에, 가능하면 부대를 유지하려고 한다.

"하지만 어떻게 해도 부대를 유지하기가 불가능해지면 이야기가 달라지죠."

노형진은 미소를 지으며 덧붙였다.

"하극상이 다 불법인 건 아니거든요."

군에서는 하극상을 극도로 위험하게 생각한다.

실제로 그로 인한 처벌은 아주 강하다.

그런데 웃기게도 권력을 가진 사람을 아는 사람의 하극상은 별게 아니다.

실제로 대위 한 명이 중령에게 하극상을 한 적이 있는데, 반말에 구타, 폭언까지 했음에도 사단장과 아는 사이라는 이유로 누구도 처벌하지 못했다.

그렇다면 권력을 가진 사람과 선이 없는 이들은 무조건 위에서 시키는 대로 해야 할까?

아니다. 일부 장교나 장군은 하극상이라고 주장하지만 법적으로 하극상이 아닌 경우가 있다.

예를 들어 상관이 절도라든가 민간인 학살 등, 누가 봐도 명백하게 불법적인 행동을 지시하는 경우 그걸 거부하는 것은 하극상이 아니다.

다만 그 후에 시키는 대로 하지 않았다는 이유로 상관이 보복을 가해도 전혀 보호해 주지 않는다는 게 문제이기는 하지만 말이다.

"확실히 이러면 곤란하겠군."

"네. 말장난에 대한 책임을 법적으로 물을 테니까요."

노형진이 만든 새로운 방법. 그건 상부에서 내려온 명령이다.

"국방부에서는 군인들의 인권과 권리를 확실하게 보장하고 있죠."

노형진은 미리 확보한 군 내부의 서류를 김성식에게 건네며 말했다.

"보다시피 군인의 초과근무 수당의 지급 및 전투 휴무와 당직 이후의 오침 등을 모두 확실하게 보장하도록 되어 있습니다."

"하지만 일선 부대는 다르지."

일선 부대에 떨어진 명령.

그건 지휘관의 판단에 따라 전투 휴무를 지급하지 말라는 것이었다.

"말이 일선 부대 지휘관의 판단에 따라 하라는 거지, 사실상 전투 휴무나 초과근무 수당을 주지 말라는 거거든요."

"그렇지. 실제로 그랬어."

한범승의 말에 따르면 현재 그러한 명령으로 인해 한범승 부대의 장교들은 실제 연장 근무의 4분의 3 이상을 신청하지 못하고 눈치만 보고 있다고 했다.

"그러면 어느 쪽이 맞는지 법원에 물어보면 되는 겁니다. 이 명령이 국방부에서 직접 내려왔을 리가 없으니까요."

국방부가 미치지 않고서야 내부 지침을 무시하고 초과근무 수당 지급 금지나 전투 휴무 지급 금지를 내려보낼 리 없다.

"사실 군대에서 뻘짓을 시키는 건 대부분 뻔하거든요."

"장군들이지."

온갖 쇼와 뻘짓을 하게 만드는 대부분의 명령은 장군급에게서 시작된다.

그들은 병사들이 제대로 된 군 생활을 하게 해 주거나 좀 더 발전된 군대를 만들기보다는, 문제가 생기지 않도록 부대를 관리해 본인이 더 높은 자리에 올라갈 수 있게끔 실적을 쌓아 올려 주기를 바란다.

"저도 군 생활할 때 숱하게 당했죠."

"나도 그랬지. 대부분의 남자들은 알걸."

온갖 쓸데없는 행사를 벌이며 온갖 쓸데없는 조건을 붙인다.

그 조건은 추천 따위가 아니다. 무조건 따라야 하는 전제 조건이다.

예를 들어 부대 내부의 상황이나 개개인의 체력과는 상관없이 무조건 특급 병사를 80% 이상 유지하라고 한다거나, 벽체며 지붕이 다 썩어 가 생활조차 불가능할 정도로 바람이 술술 드는 건물에서 난방비를 아끼라며 난방도 하지 못하게 한다거나.

"그걸 법원을 통해 물어보면 되는 거죠."

"군의 민사적 영역이라 이건가?"

"맞습니다."

군대는 형법적인 영역은 군법의 적용을 받지만 민법적인 영역은 여전히 민법을 따른다.

"그리고 군인이라고 해서 군대에 민사소송을 하지 말라는 법은 없죠."

"흠, 이건 왜 생각하지 못했지?"

예를 들어 전투 휴무와 초과근무 수당에 관련된 신규 명령은 명백하게 기존 지침에 상반된다.

물론 대부분은 승진과 군대의 문제를 이유로 일단 가장 최근 명령을 따른다.

하지만 생각해 보면 상급 부대의 명령이 우선시되는 게 정상이다.

"전쟁에서 현장의 지휘 능력이 우선시되는 경우가 없는 건 아니지만요."

하지만 지금은 전시가 아니다.

그저 실적을 위해 윗선에서 무조건 아끼라고 압박하는 상황이다.

“그러니 우리가 민사소송을 하는 데 전혀 문제가 없지요.”

그로 인해 피해를 입은 사람들에게는 민사적인 손해배상을 청구할 수 있는 권한이 생긴다.

“민사소송을 하는 거야 가능하겠지. 하지만 이걸로 부대가 와해될까?”

“아, 만일 장교들이 한다면 별의미 없겠지요.”

아마 소송을 건 장교는 현장에서 즉시 불려 가 온갖 욕을 처먹은 뒤 강제로 소송을 취하당할 거다.

“하지만 병사들이라면 어떨까요?”

“병사들?”

“아시겠지만 병사들은 부대에 그다지 큰 애정이 없습니다. 정확하게는, 상급 장교들에게 큰 애정이 없습니다.”

병사들이 가장 많이 하는 말이 ‘우리의 주적은 간부’다.

틀린 말은 아니다. 사사건건 그들을 괴롭히고 착취하면서 제대로 된 지원도 안 해 주니까.

“소대장이나 중대장 정도면 그나마 접촉이라도 있죠.”

대대장도 만나기 힘든 게 바로 일반병들이다.

“그런데 그런 대대장의 부당한 명령에 고통받는 게 과연 장교뿐일까요?”

“그럴 리가 없지. 무슨 뜻인지 알겠군.”

부대를 지배하는 건 대대장이지만 어차피 중대장은 나가

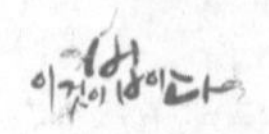

면 그만이다.

그리고 대대장이나 그 상급 명령을 전달하는 사람들 입장에서는 제대로 된 훈련이나 지원을 해 줄 수가 없다.

당장 인원 부족으로 부사관에게도 근무 취침을 보장해 주지 못하고 당직비를 제대로 못 주는 상황인데 과연 병사들에게 합리적이고 올바른 명령을 내릴 수 있겠는가?

애초에, 제대로 된 명령에 따른 부대 운영이 가능할까?

"무슨 짓을 해도 저쪽에서는 이쪽을 붙잡고 싶어 한다면, 붙잡을 수 없게 만들면 됩니다."

하극상을 하는 건 불법이 아니다.

하지만 합법적으로 민사소송을 건 다음 그걸 이유로 기피를 신청한다면 어떨까?

"그리고 기피 신청한 게 한두 명이 아니라면 어찌 될 것 같습니까?"

"아…… 그 〈배틀 브라더〉라는 드라마처럼 되는 건가?"

"네, 아시는군요."

오래된 전쟁 드라마 중에 그런 게 있다.

부대에 중대장이 왔다. 그런데 그 중대장은 무능의 끝을 달렸다.

제대로 된 지휘 능력도, 전투 능력도 없었다.

병사들을 족치는 것과 서류 작업 면에서는 괜찮았지만 전투 장교로는 무능, 아니 마이너스.

"거기서도 공통적인 의견이 '이 인간을 따라가면 다 같이 죽는다.'였죠."

그래서 중대원들이 한꺼번에 반기를 들었다.

결국 그로 인해 장교들은 하극상으로 강등당했지만 위기감을 느낀 부대는 그를 빼고 멀쩡한 장교를 배치했다.

"우리는 전투 중인 나라가 아니니까요."

그러니 굳이 그런 하극상을 할 이유가 없다.

"피해를 입은 사람들을 모아서 소송하면 됩니다."

그러면 과연 부대에서는 어떤 기분이 들까?

"다 같이 죽자고 덤빈다고요?"

노형진은 코웃음을 쳤다.

"진짜 같이 죽자고 덤비는 게 뭔지 모르니까 어설프게 수 쓰는 모양인데, 진짜가 뭔지 느껴 보라고 하죠."

장교들은 멍청하다.

물론 장교를 비하하는 말은 아니다.

하지만 일반적으로 사기꾼들은 그렇게 말한다. '장교들은 멍청하다.'

그들이 그렇게 말하는 이유는 이렇다.

평생을 아래에서 빨아 주고 위에서 시키는 대로 하기 때문

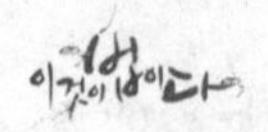

에 스스로 생각을 하거나 계책을 짜거나 위기를 벗어나 본 적이 없다는 것이다.

그건 사실이다.

사기꾼들이 가장 선호하는 사기 대상이 셋 있는데, 바로 장교와 선생과 교수다.

자기들 세계에서만 살고 외부에 대한 경험이 없기 때문이다.

"그래서 전황을 뒤집는 천재적인 작전을 만들어 내는 장교는 현실적으로 거의 없다고 하죠."

노형진의 말에 한범승의 얼굴이 창피함으로 물들었다. 실제로 그랬으니까.

이번에도 이성일이 그렇게 깽판을 치자 다들 당황해서 어쩔 줄 몰라 하며 자신을 찾아왔지만 그중 새로운 전략이나 저항 방법을 찾아낸 사람은 아무도 없었다.

"그러면 이 민법상의 손해배상 청구에 법적으로는 문제가 전혀 없다는 건가요?"

한범승과 마찬가지로 창피함을 느끼고 있던 차근태가 혹시나 하는 마음에 물었다.

"네. 못 받은 돈을 달라는 것뿐이니까요."

그간 위에서 찍지 말라고 해서 찍지 못했던 초과근무 수당, 그리고 온갖 핑계 탓에 자비로 부담해야 했던 훈련 비용 등등.

"그다지 많은 돈은 아닌데, 이걸로 효과가 있을까요?"

"1인당 800만 원 정도 될 거라고 들었습니다."

"네, 그 정도."

"중요한 건 돈이 아닙니다. 조직이 저항할 수 없는 선까지 타격을 주는 거죠."

노형진은 느긋하게 말했다.

"여기에 계신 분들이 모두 동참하시기로 한 거죠?"

"네."

이성일이 지휘하는 부대에서 온 이십여 명의 장교들과 부사관들.

이건 생각보다 큰 문제였다.

이들 중에는 예편 예정이 없는 초임 장교도 있었으니까.

"초임 장교분들은 좋은 꼴 못 보실 겁니다."

"아, 상관없습니다. 솔직히 저희도 불만이 많거든요."

애국이 어쩌고저쩌고해서 나라를 위해 왔다.

그런데 정작 국가에서는 자신들을 노예로만 인식한다는 사실에 다들 절망에 빠진 상태였다.

"집이라며 살라고 준 곳도 어이가 없고."

"심각합니까?"

"물이 줄줄 샙니다."

물이 새고 곰팡이가 피고 찬 바람이 술술 들어온다.

"고쳐 달라고 했더니 자비로 하라더군요."

"말이 됩니까?"

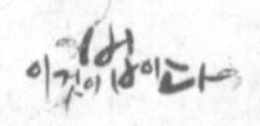

자비를 들여서 고치면? 그 손해는 누가 메꿔 준단 말인가?

"견적 뽑았더니 1,200만 원이랍니다. 1년 내내 벌어도 그 돈이 안 나와요. 그거 고치려면 이것저것 떼고 2년 치 연봉을 모아야 하는데, 미쳤습니까?"

"그래서 다시 이야기했더니 뭐라는지 압니까? 생활환경 정리 미숙으로 벌점 먹이데요. 건물이 후져서 제대로 살지도 못할 곳을 살라고 주고는 자비 수리 안 했다고 인사고과를 깎는답니다."

'하긴, 초임 장교들은 국가에서 주는 숙소에서 생활하겠지.'

문제는 그곳이 쓰레기통이나 마찬가지라는 거다.

그나마 군 장병들이 쓰는 공간은 이제 많이 최신화되었다지만 초임 장교들이 사는 소위 BOQ라는 공간은 지은 지 수십 년은 된 건물이다.

"그 건물이 제대로 지어진 것도 아니고요."

"알고 있습니다. 군대에서 지은 거니까요."

밖에서 지은 것도 제대로 관리 못하거나 설계를 잘못하면 난방도 잘 안 되고 외풍도 심하다.

하물며 수십 년 전, 시간당 10원 주던 시절에 병사들을 갈아 넣어 만든 집이 멀쩡할 리가 없다.

"솔직히, 나가고 싶습니다."

"군에는 미래가 없습니다."

"사는 건 그렇다고 치고. 줄 돈도 안 주는 군대에 미쳤다고 남습니까?"

많은 돈을 달라는 것도, 일확천금을 원하는 것도 아니다.

일한 만큼만 제대로 달라, 그것뿐이다.

하지만 밤새도록 근무하고도 초과근무를 찍으면 불려 가서 쪼인트를 까이는 현실을 과연 초임 장교들이 이해할 수 있을까?

군에는 미래가 없다, 그들은 그렇게 생각하고 있었다.

"알겠습니다. 그러면 소송을 진행하겠습니다. 아, 병사들은 어떻습니까?"

"병사들요?"

"병사들 중에도 부당한 명령으로 피해 입은 사람들이 있을 텐데요?"

그 말에 차근태는 입을 꾹 다문 채 다른 장교들을 둘러보았다.

노형진이 뭘 원하는지 알아차린 것이다.

"설마 병사들도 포함시키시려는 겁니까?"

"병사들이라고 해서 못 할 건 없죠."

노형진은 어깨를 으쓱하며 말했다.

"결국 똑같은 피해자 아닙니까?"

"그건 그렇죠."

"물론 상대적으로 피해가 적기는 할 겁니다. 민사소송을 해도 이기기 힘들 거고요."

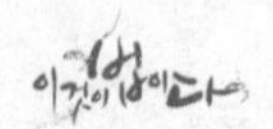

이해한다는 듯 말하던 노형진이 의미심장한 말을 던졌다.
“하지만 그렇다 해도, 군에 좋아서 온 사람은 없거든요.”
군대는 뭣 같다. 다 아는 사실이다.
그렇지만 다 같이 하기에 그저 참을 뿐이다.
그게 병사들의 생각이다.
“하지만 누군가가 지켜 준다면 어떻게 할까요?”
“네?”
“병사의 주적은 간부다, 그 말이 왜 나왔겠습니까?”
사고가 터지면 병사에게 뒤집어씌우고, 부당한 명령을 내리고도 뭔 일이 나면 병사들에게 책임지게 하니까 그런 거다.
군대에서 훈련이나 작업은 응당 해야 하는 일이니 이해라도 한다.
“하지만 오래된 장교들은 군인들이 여유를 가지면 딴생각을 한다고 생각하기도 하죠.”
그래서 여유를 가지지 못하게 한다.
스트레스의 해소를 죄악시하고, 병사들을 모조리 노예처럼 하루 스물네 시간 내내 굴리려고 한다.
하지만 이미 수십 년간의 연구로 스트레스 해소가 없는 조직은 유지될 수가 없다는 게 알려져 있다.
그러나 일부 부패한 장교들은 군 내부에서 벌어지는 병사간 구타와 가혹 행위 등을 방치하면서 자신의 지배권만 확실하게 하려 든다.

"하지만 금전적으로는 손해가 그다지 없는데요?"

"같이 소송에 들어간다는 뜻이 아닙니다. 그리고 손해는 단순히 돈을 날린 것만 의미하는 게 아닙니다. 예를 들어서……."

어떻게 설명해야 쉽게 이해시킬 수 있을지 고민하던 노형진은 문득 얼마 전 들어왔던 제보를 떠올렸다.

"최송보 소장, 기독교라면서요?"

"아……."

"물론 그건 죄가 안 됩니다. 문제 될 것도 없고요."

개인이 기독교를 믿든 천주교를 믿든 불교를 믿든 그건 상관없다.

"하지만 부하에게 그걸 강요하면 문제가 됩니다."

최송보 소장은 기독교다.

그는 어느 날 군 행사에 갔다가 노발대발하며 길길이 날뛰었다. 참석률이 저조하다는 이유에서였다.

"김주광 중장님 시절에는 그런 게 없기는 했죠."

종교에 상관없이, 행사에 갈 사람은 가고 쉴 사람은 쉰다.

할당량도 없었고 참석도 강제하지 않았다.

"그런데 최송보 소장은……."

그는 기독교 행사의 참석률이 저조하다는 이유로 대대장들을 불러 쪼인트를 까면서 참석률을 높이라고 강조했다.

심지어 그가 요구한 참석률은 70% 수준이었다.

"말이 안 되는 소리죠."

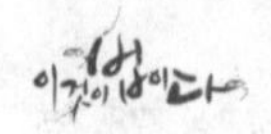

불교와 천주교 그리고 기독교를 다 합쳐도 70%가 안 나온다.

병사들도 주말에는 쉬고 싶어 하니까.

그런데 나오란다.

“그날 이후로 차출한다면서요?”

“네, 뭐…….”

원해서 가는 게 아니라 최송보에게 잘 보여야 하기 때문에 병사들은 끌려다닐 수밖에 없었다.

본인이 불교나 천주교 신자라고 해도 상관없이, 기독교 참석률이 나오지 않으면 무조건 기독교 행사에 가야 했다.

최송보는 그걸 보고 흡족해하면서 자신이 하나님의 역사하심을 이룩해 냈다며 온갖 생쇼를 했다.

“그리고 저도 군 장교 노릇을 하면서 그 꼴을 봤죠. 그렇게 되면 예산이 제대로 집행될 리가 없어요.”

군 종교 예산은 공정하게 집행되어야 한다.

하지만 그런 상황에서 과연 공정하게 집행될 수 있을까?

실제로 모 사단장은 부임하자마자 가장 먼저 한 게 사단 내에 있는 불교 시설과 천주교 시설을 때려 부수는 것이었다.

심지어 사단 내에 있던 연못의 연꽃들까지 사탄의 증거라면서 싹 다 뽑아내라고 길길이 날뛰었다.

“그런 걸 그러도록 두는 게 이상한 겁니다.”

금전적인 피해는 전혀 없을 거다. 하지만 누리지 못한 휴식, 그리고 침해당한 종교의자유.

“그걸 모아서 소송하세요. 여러분이 앞장선다고 하면 병사들 중 일부는 나설 겁니다.”

“우리를 따라서요?”

“군대에서 노예 취급한다고 병사들이 진짜로 노예가 되는 건 아닙니다.”

스스로 생각할 줄 알고 스스로의 의사를 말할 수 있다.

그저 1년 6개월만 버티자는 마음으로, 더럽고 치사하고 아니꼬워도 모른 척하는 것뿐이다.

“누군가 총대를 메면 또 누군가는 나설 겁니다.”

그리고 한 명이 나서면 다른 사람들도 나설 거다.

어차피 부대가 박살 나는 상황이니까.

“하극상이라…….”

“하극상이지만, 합법이죠.”

민사적 영역은 분명 군 내부에서 결정할 수 없는 영역이니, 결국 민사적 손해배상까지 커버해야 할 상황이 되면 군대는 무슨 짓을 해서라도 그 피해를 보상하지 않으려 들 것이다.

“알겠습니다.”

차근태는 고개를 끄덕거렸다.

차근태뿐 아니라 다른 장교들과 부사관들 역시 고개를 끄덕거렸다.

“그리고 그걸 다이렉트로 국방부에 꽂아 버리죠.”

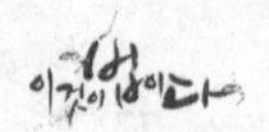

노형진은 씩 웃으며 말했다.

"자, 그러면 다른 부대에서 어떻게 하는지 두고 보자고요, 후후후."

⚖

민사소송에서는 피고를 여러 명 지정할 수 있다.

그리고 노형진은 피고로 이성일과 국방부 장관을 넣었다.

물론 그 사이에 최송보가 있다는 건 안다.

'뭐, 뻔하지.'

상식적으로 초과근무를 찍지 말라는 명령을 국방부에서 직접 내렸을 리가 없다.

그렇다고 해서 이성일이 내렸을까? 고작 대대장 따위가?

'분명 최송보 그놈이야.'

하지만 최송보를 피고로 넣으면 당연히 그가 사건을 커트할 거다.

물론 완벽하게 커트하지는 못하겠지만, 그래도 자기가 컨트롤할 수 있는 수준에서 커트할 수는 있을 거다.

그렇지만 이렇게 이성일과 국방부 장관을 피고로 넣어 버리면?

국방부에서는 어떻게 해서든 이 짓거리를 한 사람을 직접 찾아야 한다.

당연하게도 그러기 위해서는 가장 먼저 이성일부터 족칠 거다.

같이 고소당했으니 뭔가 알 거라 생각하고 말이다.

어차피 하위 장교들이야 피해자들이니까.

"재판장님, 보다시피 국방부에서는 공문을 통해 초과근무수당을 찍지 못하도록 공식적으로 오더를 내렸습니다."

"흠……."

노형진은 그렇게 말하면서 피고석에 앉아 있는 이성일을 바라보았다.

'반쯤 죽었네?'

그럴 만하다.

지금 국방부에서 나온 사람들이 때려죽일 듯이 그를 노려보고 있으니까.

"흠…… 피고 측 변호인, 이 공문에 대해 반박할 내용이 있습니까?"

"아, 그게…… 저희 국방부에서는 단 한 번도 부당하게 임금을 착취한 적이 없습니다. 추가 수당을 주지 않을 목적으로 공문을 내린 적도 없고요."

"하지만 이 공문에는 분명히 명시되어 있는데요? 매달 열두 시간 이상의 추가 수당은 신청하지 말라고요."

"그게……."

"이건 상당히 심각한 문제입니다."

재판장은 눈을 찡그리며 말했다.

왜냐하면 이건 심각한 계약 위반 행위이기 때문이다.

현대의 모든 근무 계약은 돈을 주고받는 것에서 시작된다.

그런데 회사에서 '너 돈 안 줄 거니까 지금 신청하지 마.' 라고 명령한 셈.

"저희는 그런 적이 없습니다."

국방부에서 온 법무관은 이성일을 노려보면서 이를 악물고 말했다.

그러자 노형진이 그런 법무관에게 차갑게 물었다.

"피고 측 변호인, 그러면 이 공문은 누가 작성한 건지 모른다는 거네요?"

"조사해 봐야 합니다."

"그러면 이걸 작성할 권한을 가진 사람이 얼마나 됩니까?"

"네?"

"그렇지 않습니까? 이건 민사소송이지만 책임의 영역은 형사적으로 물어야 하지 않겠습니까?"

노형진의 말에 법무관은 자신도 모르게 고개를 끄덕거렸다.

"그런데 모든 일에는 책임자가 있기 마련이죠. 피고 측 변호인, 이런 걸 결정해서 공문을 내리는 게 대대장 권한으로 가능합니까?"

노형진의 말에 국방부를 변호하는 법무관은 단호하게 고개를 흔들었다.

"안 됩니다. 이건 그 누구라도 내릴 수 없는 명령입니다."

"그러면 이성일 측 변호인은 어떻게 생각하십니까?"

"……."

그 말에 이성일 측 변호사는 할 말이 없었다.

자신이 생각해도 이건 말도 안 되는 거니까.

"그러면 이건 명백한 월권이거나…… 아니, 이건 공문서 위조 아닙니까? 그것도 국방부 공문서를 위조한다라……. 이야~ 나라 꼴 잘 돌아갑니다. 북한에서 항복하라고 공문서 위조해서 한 통만 보내면 나라가 통째로 넘어가겠네요."

노형진은 고의적으로 빈정거리며 말했다.

실제로 국방부라는 타이틀을 달고 나간 이상 진짜로 이건 무시할 수 없는 상황이다.

그 말에 이성일은 아무런 말도 못 하고 점점 더 쭈그러들었다. 반대로 국방부 사람들은 얼굴이 시뻘게지면서 분노로 몸을 바들바들 떨었다.

"이성일 피고에게 묻겠습니다. 이거, 누구의 명령을 받아서 작성한 겁니까?"

"그게……."

당연히 이 명령을 내린 건 최송보 소장이다.

하지만 곧이곧대로 그를 언급한다? 그러면 자신은 죽는다. 그렇기에 차마 말할 수가 없었다.

"명령도 안 받았다면, 월권에 공문서위조를 인정하시는

건데……."

노형진은 심각한 얼굴로 말했다.

"아닙니다!"

"그래요? 국방부 측 변호인, 이성일 피고는 국방부 명령이 맞다는데요?"

그 말에 이성일은 다급하게 변명했다.

"어, 그러니까…… 국방부 명령도 아닙니다."

"그래요? 국방부 명령은 아니다, 그런데 자기 명령도 아니다."

노형진은 그 말에 약점을 잡았다는 듯 말했다.

"그러면 지금 범인을 은폐하고 있다는 걸로 들리는데요? 아닙니까?"

"……."

그 말에 이성일은 아무런 말도 못 하고 고개를 숙였다.

그리고 노형진은 이번 재판을 지켜보는 수많은 기자들을 돌아보면서 말했다.

"보다시피 군 내부에서 누군가가 하급 장교의 수년간, 아니 수십 년간의 초과근무 수당을 횡령하고 또한 그걸 위해 중간에서 명령을 내려보내기까지 했습니다. 이게 진정 21세기 전 세계 6위의 군사력을 가진 대한민국의 현실입니까?"

그 말과 함께 기자들의 사진기에서 플래시가 터지기 시작했다. 그리고 이성일의 고개는 더더욱 숙여졌다.

⚖

그렇게 재판정에서 가루가 되도록 까이고 뉴스에서 떠들어 대자 사람들이 군대의 현실에 대해 떠들기 시작했다.

관심이 없다면 모를까, 이미 관심이 생긴 상황에서는 아무리 국방부가 부정을 해도 방법이 없다.

더군다나 대한민국은 국민의 절반이 군필이다.

다들 군대에서 당한 게 있기에 군대에 대해 좋게 생각하지 않지만, 이와 별개로 극히 일부 정신 나간 놈들을 제외하고는 한국에서 군대가 없어져야 한다는 소리를 하는 사람은 없다.

"그런데 이제 현실이 밖으로 드러났죠."

그간 군 내부에서 쉬쉬하던 이야기들이 흘러나오기 시작하자 여론은 국방부에 극단적으로 불리한 방향으로 흘러갔다.

—저는 해군입니다. 평균 초과근무 시간이 이백 시간인데 최대 스물네 시간 이상 못 찍습니다.

—연 이백 시간요?

—월입니다.

—월? 그게 가능합니까?

—애초에 출항하면 풀 근무입니다. 잠도 못 잡니다. 인원이 부족해서.

"이런 거죠."

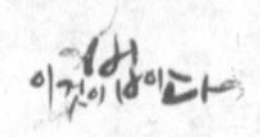

"누군가 총대를 메고 설치기 시작하면 그간 참았던 사람들의 입이 열린다 이거군."

김성식은 그렇게 말하면서 화면을 뚫어지게 바라보았다.

언론에서 하나둘씩 이야기를 시작하자 대놓고 소송은 하지 않아도 인터넷에 자신의 피해를 올리는 하위 장교나 부사관의 숫자가 나날이 늘어 가고 있었다.

"맞습니다. 그래도 이건 너무한데요? 월 이백 시간 초과근무인데 그걸 못 찍게 한다니."

노형진은 해군의 제보를 보면서 혀를 끌끌 찼다.

"하긴, 이해가 가기는 하네."

독도함 같은 큰 배라면 그나마 쉴 공간이라도 있지, 작은 배는 그런 것도 없다.

더군다나 중국 어선들과 싸우거나 비상 출항을 하거나 구조 작전을 나가게 되면 해군들은 실제로 어마어마한 초과근무를 하게 된다.

하지만 해군에서는 절대로 그걸 인정하지 않는다고.

"해군뿐만이 아니라 특전사도 그 지경이라니."

특전사의 그 지랄맞은 훈련인 천리행군만 해도 그렇다.

명백하게 훈련이고, 누가 하고 싶어서 하는 것도 아니다.

그런데 그 훈련을 하는 동안 먹는 것도 월급에서 까고, 심지어 그 시간에 훈련한 것도 초과근무 수당을 주지 않는단다.

천리행군이 뭔가? 먹고 마시는 것도 아끼고 죽어라 걷기만 해서 천 리, 무려 약 400킬로미터를 완주하는 지옥의 훈련이다.

그런데도 식비는 둘째 치고 하루 여덟 시간 이후에 발생하는 초과근무 수당도 주지 않으려고 하니 화가 날 수밖에 없다.

상식적으로 하루 여덟 시간씩 걸어서 정해진 기간 내에 일정을 맞추는 건 불가능하니까.

"결국 누군가는 시작했을 일이죠."

불만을 이야기해도 위에서는 들어 처먹지 않는다. 외부에 이야기해도 바뀌는 게 없다.

'당연하지.'

원래 역사에서는 이런 걸 터트려 주는 곳이 있기는 했다.

'훈련소에서 전해 드립니다'라는 곳인데, 군 내부의 수많은 비리를 터트려서 군 인권 개선에 힘썼다.

하지만 나중에는, 거기서 뭘 밝히든 군대는 아예 무시했다.

왜냐하면 슬슬 기자들의 관심에서 멀어진 데다 딱히 힘이 있는 곳도 아니었기 때문이다.

그러니 그냥 무시하고 있으면 사람들이 흐지부지 잊어버릴 거라 생각한 것이었다.

'실제로도 그랬고.'

하지만 이번에는 아니다. 아니, 그게 불가능하다.

"우리가 힘을 가지고 있는 이상 저들은 무시 못 합니다."

군대에서 돈 받지 못하게 임의로 초과근무 수당을 자른다?

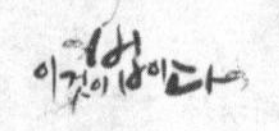

고소 그리고 압류.

"더군다나 군대는 이게 복잡한 게, 압류할 수 있는 대상이 한정되어 있거든요."

군사시설은 보호시설이라 절대로 압류 대상이 될 수 없다.

그러면 뭐를 해야 할까?

"장군님들 복지죠."

군사시설과 상관없는 장군님들의 차량, 정확하게는 국방부 장관의 차량이라든가 사무실 집기라든가 하는 것들을 압류하는 것이다.

과연 그때도 국방부 장관이 '허허허, 그럴 수도 있지.'라고 반응할까?

"그럴 리가 없죠."

하위 장교들이 월급을 못 받아도 자기들이 룸살롱에 가고 접대받는 게 더 중요한 장군들이 과연 그 꼴을 당하면 어떤 반응을 보일까?

"흠…… 확실히."

"더군다나 이제 쐐기를 박으면 사람들의 이목은 이쪽으로 쏠릴 겁니다."

"쐐기?"

"네. 애초에 이 모든 걸 시작한 이유가 결국 군의 강제 복무 연장을 막기 위해서가 아닙니까?"

"하지만 소송을 해도 지는데?"

군 내부에서 강제로 복무하게 된 장교가 과연 행정소송을 안 냈을까?

당연히 냈다.

그러나 법원의 판결은 당연하게도 국방부를 편들어 줬다.

군의 복무 연장에 관한 권리는 전역 지원자가 아니라 국방부에 있다는 것이었다.

"알고 있습니다. 그것만으로는 못 이기죠."

노형진은 어깨를 으쓱하며 말했다.

"하지만 이런 계약에서 중요한 건 선빵이죠."

"선빵?"

"여기에 충분한 근거가 있죠."

노형진은 차근태의 부대와 관련된 자료를 흔들며 말했다.

차근태가 받지 못한 돈과 군대에서 훈련을 빙자해서 뜯어낸 돈, 국가에서 필요한 소요임에도 불구하고 매년 장교들에게 뒤집어씌운 행위 등등.

"이런저런 비용을 처리해 보니까 초급 장교들은 한 달 평균 100만 원 정도의 손실을 봤습니다."

초과근무 수당을 안 주고, 훈련에 개인 차량을 이용하게 한 후에 그 유류비도 지원해 주지 않고, 군 내 훈련 장비가 필요하면 장교의 돈으로 사게 하기도 하고 말이다.

"100만 원이라……."

"네. 그간 그런 소송을 했던 변호사들의 변론이 어떤 거였

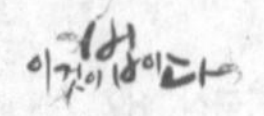

는지는 김성식 대표님도 아시지 않습니까?"

이미 노형진은 해당 사건의 재판 기록과 판결문을 확보해 살펴보면서 어느 부분이 잘못되었는지 확실하게 이해한 상황이었다.

"지금까지 변호사들은 그 군법상의 5년 차에 전역하는 게 개인의 선택이라고 주장했죠."

노형진은 어깨를 으쓱하며 말했다.

그리고 그건 법원에서 부정당했다.

그럼에도 불구하고 수년간 변호사들은 그 논리만 들이밀었다. 왜냐, 자기야 수임료만 받으면 그만이고 진짜로 전역을 하든 못 하든 상관없는 일이니까.

하지만 노형진은 다르게 생각했다.

질 싸움을 멍청하게 왜 한단 말인가?

"하지만 고용계약이라는 건 결국 믿음의 문제거든요."

"어? 잠깐, 그러고 보니?"

"네, 매달 100만 원 정도씩 손실이 발생하면 매년 1,200만 원입니다."

물론 그건 최상위 계층, 가령 한범승같이 중령급이 되면 발생하는 피해다.

"하지만 대위급만 되어도 못해도 700만 원 이상, 중사급은 매년 400만 원 이상의 피해가 발생합니다."

자비를 들여서 일해야 하는 황당한 상황.

그러나 해당 변호사는 그에 대해 언급하기는커녕 그저 법리적으로 그만둘 권한은 자기네 의뢰인, 즉 장교에게 있다고만 주장했다.

"그러면 공격의 방향이 잘못되었다는 거군."

"네, 맞습니다. 애초에 방향이 잘못되었죠."

그렇게 공격해 봐야 판사는 국방부 편이다.

거기다 법의해석도 전통적으로 그런 식으로 이루어져 왔고 말이다.

"현실적으로 보면 그 상황에서 우리가 아무리 행정소송을 걸어 봐야 못 이기죠."

하물며 지금처럼 장교가 부족해서 군이 무너지네 마네 하는 소리가 나오는 시점에서는 국가 안보 문제를 이유로 법원이 은밀하게 국방부를 편들어 줄 수밖에 없다.

"하지만 이런 식으로 취업과 관련해서 공격한다면 이야기는 달라지죠."

일한 만큼 돈을 주는 게 아니라 착취한다고 하면, 일단 먼저 계약을 파투 낸 것은 국방부 쪽이지 장교 쪽이 아니게 된다.

"장교 입장에서는 신의성실과 믿음이 깨졌다고 주장할 수 있죠."

"하긴, 누가 자기 돈을 내 가면서 회사에서 근무하려고 하겠는가?"

너무나 착취에 익숙해져서 그에 대해 당연하다고 생각하

다 보니 군대에서는 벗어나려고 하면서도 정작 그 착취 자체가 문제가 있다고는 생각하지 못한 군인들이었다.

"그런데 이제 상황이 바뀌었죠."

이성일과 최송보에 대해 조사가 이루어지고 결과가 나오면, 장교들에 대한 착취를 인정할 수밖에 없다.

그리고 이성일과 최송보가 아무리 중간에서 임의로 그런 짓거리를 했다고 해도 결국 계약에 따른 신의성실의원칙을 파투 낸 것이 국방부라는 사실은 부정할 수 없다.

"그리고 필요한 증거는 다 갖춰졌죠."

노형진은 서류를 툭툭 치며 말했다.

"이제 판을 뒤집어 보죠, 후후후."

배후의 악

한창 언론에서 관심을 가지는 시점에 노형진은 국방부의 부당 행위를 이유로 계약 해지에 관련된 소송을 걸었다.

당연하게도 오랜 시간 국방부에 의해 착취당하고 이용당하던 하급 장교들이 관심을 가지고 몰려들기 시작했고, 언론 역시 관심을 가지고 몰려들었다.

"친애하는 재판장님, 이 기록에서 보다시피 국방부는 현재까지 원고 차근태에게 매년 600만 원 이상의 금액을 지급하지 아니하고 도리어 훈련에 필요한 비용을 전가하였습니다."

"그…… 재판장님, 아직 초과근무 수당에 대한 재판은 진행 중입니다만……."

"공문까지 나와 있고, 증거에서 보다시피 피해자가 이미 1만

명이 넘습니다. 최악의 경우 월 이백 시간 이상을 근무했음에도 스무 시간도 초과근무를 신청하지 못하도록 국방부 훈령으로 제한을 걸었다는 증언도 있습니다."

"국방부의 훈령이 아닙니다. 국방부에서는 단 한 번도 그런 훈령을 내린 적이……."

"그래요? 그런데 왜 그걸 알면서도 방치했죠? 그리고 김주광 중장의 증언에 따르면 국방부는 승진을 미끼로 상급 장교들에게 어떻게 해서든 초과근무 수당을 지급하지 말라고 압박을 가했다는데요. 아닙니까?"

그 말에 국방부 쪽은 아무런 말도 하지 못했다. 실제로 그래 왔으니까.

수십 년간 그래 왔으니 그게 잘못된 거라는 인식조차 하지 못하고 있었던 것이다.

"그뿐만 아닙니다. 국방부에서는 장교들의 차량을 무단으로 군사용으로 사용하도록 강압하였으며, 종교적 자유를 침해하고 특정 종교 행사에 가지 않았다는 이유로 인사고과에 마이너스를 먹이거나 폭행을 가하는 등 상식적으로 이해할 수 없는 행동으로 후임들을 괴롭혀 왔습니다."

"으음."

그 말을 들으면서 판사는 신음을 흘렸다.

'그러겠지.'

안 봐도 뻔하다.

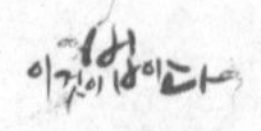

아무래도 국방부에서는 판사에게 최대한 그쪽에 유리한 판결을 내려 달라고 부탁하겠지만…….

'그거야 어느 정도지.'

국방부라는 특수성을 감안한다고 해도 그들이 한 행동은 하나하나가 범죄이고 하나하나가 직장 폭력이다.

일반 기업이라면 이 정도면 볼 것도 없이 고발 대상이고, 실제로 노형진을 통해 고소와 고발이 이루어지면서 그런 짓을 하던 고위 장교들의 모가지가 날아가게 생겼다.

'아마 미칠 노릇일 거다.'

무능한 장교들을 고발하자 그렇잖아도 부족한 인원에서 그들을 자르거나 교도소에 넣어야 하는 상황이 되었다.

그나마 국방부에서 눈치 보며 이리저리 돌려 가면서 처벌만은 하지 않으려고 노력 중이지만 일단 장기는 물 건너간 상황.

그렇다고 유능한 사람들이 장기를 하게 하자니 그럴 방법이 없다.

그들은 빠르게 나가고 싶어 한다.

그간 잡아 놓은 먹잇감이라 생각해서 너무 신나게 착취한 나머지 그들이 빠져나가는 걸 손 놓고 지켜볼 수밖에 없는 상황.

그와 관련해서 장군도 여럿 날아가게 생겼고, 이 일이 소문나서 장교들의 지원도 무척이나 줄어들 건 뻔한 일.

그렇잖아도 사건 이후 ROTC의 무려 20% 이상이 포기하고 일반병으로 가는 걸 선택했고 3사관학교나 부사관학교, 심지어 육사에서조차 이탈 현상이 빠르게 번지고 있었다.

"재판장님, 국방부는 군을 지휘하고 국가를 수호하는 집단입니다. 특수한 영역에 있는 만큼……."

국방부 쪽 법무관은 최선을 다해서 방어하려고 했다.

하지만 애초에 진짜 실력 있는 변호사라면 나가서 돈을 벌지, 군에서 법무관을 하려고는 하지 않을 거다.

'거참, 그놈의 특수.'

그건 인정한다.

국방부는 특수한 존재다.

"그래서, 국방부는 월급을 주지 않고 조직 내에서 횡령이나 유용이 일어나도 무조건 합법이라는 겁니까?"

"그건 아닙니다만……."

"그러면 특수한 조직인 만큼 국민들을 대상으로 부당한 거짓말을 하거나 속임수로 취업하도록 하는 게 합당하다 이겁니까?"

"우리가 언제……."

"아니라고요? 이건 국방부에서 최근에 임관한 모 장교에게 제공한 자료입니다. 국방부는 군에 장교로 임관하는 경우 평균 250만 원 이상의 초임을 받을 수 있다고 홍보했습니다. 그런데 그 초임 장교가 받는 돈은 고작해야 150만 원입니다.

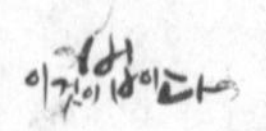

100만 원이나 되는 돈이 빈 거죠. 그러면 그 돈은 어디로 갔을까요? 사라졌다? 아닙니다. 애초에 없었습니다. 국방부는 줄 생각이 없었고요. 보다시피 국방부에서는 초임 소위의 임금으로 250만 원을 받을 수 있다고 주장했습니다만 그 수치는 기본임금뿐만 아니라 식비와 훈련비 그리고 당직비, 초과근무비까지 모조리 합해야 나오는 돈입니다. 이야기를 들어보니 장교는 본인이 자비로 밥을 사 먹어야 한다는 사실도 몰랐고, 당직비가 고작 1만 원이라는 사실도 몰랐으며, 심지어 초과근무도 위에서 찍지 못하게 할 줄은 몰랐다고 하는데? 이런데도 거짓말을 하지 않았다고 생각하십니까?"

그 말에 법무관은 아무런 말도 못 하고 침만 꼴깍 삼켰다.

"애초에 계약 단계에서부터 위계를 이용해서 이루어진 계약입니다. 그걸 의무라는 이름으로 무려 5년을 묶어 두죠. 그런데 그 후에 그 복무 기간이 끝나고 나가야 하는 시점까지도 착취를 계속할 목적으로 전역을 막는다니, 이게 말이 된다고 생각하십니까?"

노형진은 그간 쌓인 수많은 기록들을 흔들며 말했다.

그리고 그 말을 들으면서 원고가 된 장교들과 부사관들은 격하게 고개를 끄덕거렸다.

"원고들의 증언에 따르면 하루에 두어 번씩 폭행 사건이 일어나고, 장교라는 이유로 아예 영내 대기를 명령받는 경우에 그냥 무조건 부대 내에서 숙식을 해결해야 합니다."

실제로 영내 대기는 생각보다 흔하게 걸리는 일이다.

북한에서 뭔 일만 있으면 미사일을 쏴 대거나 분쟁을 시도하는데, 그런 경우 100% 영내 대기가 걸린다.

차이는 오래 걸려 있느냐 아니면 금방 풀리느냐 정도뿐이다.

"그게 영내 대기입니다."

"그러면 영내 대기는 근무입니까, 아니면 퇴근입니까?"

"네?"

노형진의 말에 순간 법무관의 눈동자가 흔들렸다.

"피고 측 변호인, 영내 대기는 근무입니까, 퇴근입니까?"

"그게……."

그는 왠지 곤혹스러운 얼굴이 되어 버렸다.

그러자 노형진은 아주 차가운 목소리로 말했다.

"재판장님, 국방부에서는 그간 영내 대기 상태에서는 초과근무 수당을 지급하지 않았습니다. 영내 대기 중 취침이 가능하다는 이유에서였습니다."

물론 가능은 하다. 일을 하라는 게 아니라 대기하라는 거니까.

"그런데 그 상황에서 취침이 가능한지는 둘째 치고, 일단 부대 내에서 상부의 명령에 따른 무한 대기 상태라 군복도 벗지 못합니다. 그러면 그건 근무로 봐야 하지 않겠습니까?"

"……."

"만일 민간 기업에서 직원에게 비상 상황에 대비해서 무한 대기를 하라고 했다면 뭐라고 하시겠습니까?"

일을 하든 안 하든 그건 중요하지 않다.

상부에서 대기하라고 명령을 내렸고 그에 따라 대기하는 동안에는 당연히 명령을 수행 중인 거니까.

"하지만 재판장님, 영내 대기는 말 그대로 영내에만 있으면 그 시간 동안 뭘 해도 상관없다는 말입니다. 즉, 잠을 자거나 핸드폰을 보면서 시간을 때우는 경우도 많습니다. 그런데 그걸 초과근무 수당을 지급하면 부대 내 사기에 악영향을……."

'저 새끼, 일선 부대 생활을 해 본 적이 없나 보네.'

법무관의 말을 들으며 노형진은 속으로 비웃음을 날렸다. 그러고는 그 법무관에게 물었다.

"변호사님은 군대에서 비상이 걸렸을 때 주무셨습니까?"

"네?"

"군 내부에서 최근에 비상이 걸렸을 때, 상관이 대기 상태로 옆에서 보고 있는데 내무반에 가서 주무셨나 봅니다?"

"당연히 아니죠. 저는 군 생활을 열심히……."

"네, 열심히 하셨겠죠. 그런데 다른 분들은 열심히 안 할 것 같습니까?"

비상 걸려서 대기 상황인데 과연 장교들이 속 편하게 잘 수 있을까?

그렇잖아도 위계질서가 강해서 폭행이 벌어져도 찍소리도 못 하는 군대라는 조직 내에서?

"핸드폰 게임요? 잠도 못 자는데? 정말 핸드폰 게임이 가능하리라 생각하십니까?"

변명을 하던 법무관은 그 말에 입을 꾹 다물었다.

자신이 생각해도 말도 안 되는 소리였으니까.

"설사 그렇다고 해도, 그들은 군 당국의 명령에 따라 대기 중인 상황입니다."

즉, 뭘 하고 안 하고의 문제가 아니라 군인으로서 군의 명령을 수행 중이라는 의미다.

"하지만……."

"하지만이 아니라, 그런 식으로 보면 당직도 임금을 주면 안 되죠."

당직사관이 서류 작업이나 군 내 작업을 할까?

아니다.

당직이라는 게 뭔가? 말 그대로 비상 상황에 대비해서 군 내부에 결정권자 한 명을 대기시키는 제도다.

물론 낮에 하지 못한 업무를 처리하기도 하지만 너무 늦은 경우에는 솔직히 당직사관도 알게 모르게 자는 게 현실이다.

비록 침대에 벌러덩 누워서 자는 건 아니지만 의자에 기대어 자는 건 딱히 특이한 일도 아니다.

"그러면 그 당직사관은 퇴근한 겁니까?"

"……."

노형진의 말에 법무관이 그대로 처발리자 판사는 떨떠름

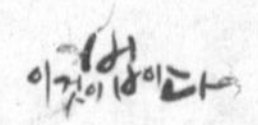

한 표정이 되었다.

아무리 국방부에서 자신들에게 유리한 판결을 내려 달라고 읍소했다지만 그것도 어디까지나 국민들이 어느 정도 납득할 수 있는 변명이라도 했을 때의 이야기다.

물론 다른 변호사라면 뭐라고 떠들어 대든 그냥 씹어 버리고 국방부의 승리라고 판결해 버리는 건 어려운 일이 아닐 거다.

'다른 변호사라면 말이지.'

하지만 상대방은 노형진이다.

납득할 수 없는 판결이 나와도 '아, 그렇구나.' 하고 넘어가기는커녕 악착같이 뒤를 조사하고, 만일 청탁받은 것이 확인되면 판사의 일가족까지 모가지를 날려 버리는 인간.

'병신 같은 군바리 새끼들 같으니라고. 은밀하게라도 찾아오든가.'

차라리 은밀하게 찾아왔다면 어떻게 우겨 보기라도 하겠는데 군대용 차량 증명서나 마찬가지인 성판(군 내부에서 장군들 차량에 붙이는, 자동차 번호판을 대신하는 신분증명용 물건)을 차량에 올려 두고 법원에 찾아와서 장군이라고 거들먹거리면서 소개하고 들어온 바람에 온 법원이 다 알게 되었고 이미 소문까지 파다하게 났다.

하물며 노형진과 새론이 그 사실을 모를까?

"친애하는 재판장님? 엄중한 판단을 내려 주실 거라 생각합니다."

노형진은 살짝 미소를 지으며 판사를 바라보았다.

재판정에서 별 의미 없이 웃는 병신 같은 실수를 노형진이 할 리가 없으니 그 의도는 확실했고, 판사는 떨떠름한 얼굴로 머릿속에서 이번 판결을 어떻게 내려야 하나 고민할 수밖에 없었다.

재판부의 판결은 결국 전역 신청이 정당하다는 것이었다.

국방부에 전역에 대한 결정 권한이 있는 건 사실이나 이미 수차례 갈취와 범죄를 저질러 원고 측은 국방부에 대한 믿음을 상실한 데다가, 국방부가 신의성실의원칙을 위반하고 착취를 한 이상 계약의 유지는 사실상 착취와 보복을 위한 가혹 행위일 뿐이라고 판단한 것이다.

즉, 당사자가 계약을 위반하고 있으니만큼 계약을 유지할 권한 또한 상실했다고 판단한 것.

그리고 사태로 인해 새론에는 엄청난 일감이 몰려들었다.

"와, 미치게 많네."

"군에서 나오고 싶어 하는 사람이 이렇게 많을 줄은 몰랐네요."

"그간 입 다물고 어쩔 수 없이 일하던 사람들이 어디 한둘이겠는가?"

군에서 장기에 들어가거나 여러 가지 사유로 나오지 못하는 사람들은 많다.

특히 해군 쪽은 육군 이상으로 노예 취급받는 분위기가 많아서 그런지 장교들과 부사관들의 이탈이 심각할 정도였다.

"이 정도면 국방부가 무너지는 거 아닌가 모르겠네."

김성식이 그렇게 말할 정도로 하위 장교들과 부사관들의 이탈은 심각했다.

아니, 하위만의 문제가 아니었다.

"고위 장교들도 이럴 줄은 몰랐는데요."

소령에서 중령, 그 사이에 있는 사람들은 심각하게 많아서, 이대로라면 과연 국방부가 유지될 수 있겠냐는 의문이 드는 상황이었다.

"당연한 겁니다. 그간의 업보가 있으니 말입니다."

"그간의 업보라, 틀린 말은 아니군."

김성식은 안타깝게 말했다.

그간의 업보란 다름 아닌 비육사 출신의 차별 대우다.

막말로 지금 소령으로 제대하나 몇 년 더 갈려 나가다 승진도 못 하고 제대하나, 비육사 출신인 3사관학교와 ROTC 입장에서는 결국 소령으로 전역하는 것은 똑같다.

사실상 육군사관학교 출신이 아니면 장군은커녕 중령도 불확실, 아니 거의 불가능한 상황인데 이 이상 자기 인생을 갈아 넣고 싶은 사람이 누가 있겠는가?

"그나저나 이거 생각보다 심각한데요. 29사단만 노린 거 아니었나요?"

"29사단은 시발점일 뿐입니다."

29사단이 문제가 많고 컨트롤하기 쉽기 때문에 고른 거지, 애초에 29사단의 하위 장교들만 돕는 건 현실적으로 불가능하다.

"하지만 그렇기 때문에 이제 난리가 났을 겁니다."

"그래, 그렇더군."

"그리고 이 시점에서 송 의원님의 힘이 필요하고요."

"송 의원님의 힘? 정치적 문제라 송정한 의원님은 뒤로 물러나고 싶어 하지 않았던가?"

군 내부를 빠르게 무너트려 달라고 의뢰하긴 했으나 송정한은 국회의원으로서, 그리고 군을 지휘해야 하는 군 통수권자인 대통령 후보로서 좋은 그림은 아니었기에 이번 사건에서 은밀하게 의뢰만 하고 물러나 있었다.

"알고 있습니다. 그래서 송 의원님이 필요한 상황입니다."

"그래서 송 의원님이 필요한 상황이라고?"

"네."

노형진은 씩 웃으며 말했다.

"제가 공격하고 싶은 건 국방부가 아니거든요."

노형진의 말에 김성식은 고개를 갸웃할 수밖에 없었다.

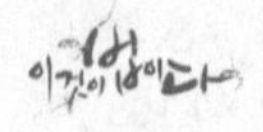

⚖

국방부.

한국에서 가장 은밀한 조직이자 동시에 가장 썩어 빠진 조직이며 또한 제대로 컨트롤이 안 되는 조직이기도 하다.

하지만 그렇다고 해서 현대 지휘의 가장 핵심에서 벗어나지도 않는다.

"현재 국방부의 가장 큰 문제가 뭐라고 생각하십니까?"

노형진은 송정한을 찾아가서 조용히 만나고 있었다.

물론 외부에서 몰래 만나는 건 아니었다. 그랬다가는 꼬투리가 잡힐 수 있기 때문이다.

"글쎄. 부정부패?"

"뭐, 그것도 틀린 말은 아닙니다만, 그간 국방부의 부정부패가 많이 사라진 건 사실이죠."

"그마저도 자네 덕분에 가능했던 거 아닌가?"

"그건 그렇죠."

실제로 국방부의 부정부패는 회귀 전에 비해 많이 사라졌다.

과거와 다르게 내부에서 알아서 덮는 게 아니라 국정원에서도 사보타주로 인식해서 체포하기 때문이다.

"그렇다고 해도 타고난 조직이 개판이라는 건 부정할 수 없지만."

그나마 장군급이 30억씩 해 처먹으면서 생계형 비리라고 주장하지는 못한다.

“이번에 하위 장교와 상급 장교의 이탈로 인해 작은 비리들도 많이 일소될 겁니다. 쓰레기들을 정리하면 아무래도 군 내부가 멀쩡해질 수밖에 없죠.”

“그건 알겠네만 그걸 나한테 칭찬받으러 온 건 아닐 텐데?”

송정한은 입맛을 다시며 말했다.

“김 대표에게 이야기는 들었네. 내가 해 줬으면 하는 게 있다면서?”

“네. 국방부의 가장 큰 문제를 해결해 주셨으면 합니다.”

“뭔데? 전에도 말했지만 현재 내 입장에서는 국방부를 공격하기 애매해. 대통령이 된 후라면 모를까.”

“알고 있습니다. 이번에 제가 공격할 대상은 국방부가 아니라 기재부입니다.”

“기재부?”

“네.”

“뜬금없이?”

기획재정부. 속칭 기재부.

그곳은 대한민국의 예산을 컨트롤하는 곳이다. 그리고 한국의 가장 핵심적인 부처 중 하나다.

“동시에 정부 위의 정부라 불리는 무소불위의 권력을 가진 조직입니다. 아시죠?”

“끄응, 그야 알지.”

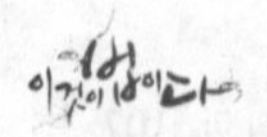

노형진의 말에 송정한은 고개를 끄덕거렸다.

지지난 정권에서 만들어진 기획재정부는 강력한 권력을 바탕으로 온갖 장난질을 치고 있으니까.

“당장 이번 문제도 그렇습니다. 군 내부에서 장교들의 대우를 바꿔야 한다는 소리가 한두 번 나온 게 아닙니다.”

물론 장군님이 되면 ‘장군님 나이스 샷!’ 소리를 들으면서 일은 더럽게 안 하고 룸살롱이나 다닐 수 있다.

하지만 그건 어디까지나 개인의 일탈의 영역이지 그들이 대놓고 ‘하위 장교들 족쳐!’라고 지시하지는 않는다.

“도리어 장군들이 하위 장교들의 처우를 개선해 달라고 수년째 요구하는 것도 사실이고요.”

사람이 살 수도 없는 오래된 숙소도 개선하고, 임금도 현실화하고, 일한 만큼 초과근무 수당도 주자.

그 모든 것을 요구한 장군이 전무하지는 않을 것이다.

“그런데 그걸 다 자른 게 누구라고 생각하십니까?”

“기획재정부라 이거군.”

“맞습니다.”

분명 예산은 국회에서 결정한다. 하지만 그 사용처를 최종 판단하는 것은 기획재정부다.

어떤 식이냐면, 해군에서 함정을 하나 만든다고 치자.

그러면 그 예산을 기획재정부에서 심사하고 필요하다고 생각하면 통과시켜 국회에서 결정하는 식이다.

문제는 국회에서는 자잘한 것까지 다 심사할 시간이 없다는 거다.

한국에서 써야 하는 예산이 어디 한두 푼이란 말인가?

그래서 보통 문제 삼는 건 정치적 예산 또는 치적과 관련된 예산이다.

"실무 예산은 사실 국회에서는 그다지 신경 쓰지 않죠. 아시죠?"

"그건 그렇지."

"그런데 기재부에서는 그걸 수십 년째 커트해 왔죠."

노형진은 심각하게 말했다.

뭔가를 고치기 위해서는 하나만 봐서는 안 된다.

국방부가 썩고 무능한 조직은 맞지만 어찌 되었건 문민 통제의 목적으로 예산에 관해서는 기재부에 확실하게 통제받고 있는 상황.

"장교들의 숙소 개선 비용도 커트, 장교들의 초과근무 수당도 커트, 장교들의 유류비 지원도 커트."

"허, 그 정도인가?"

"네. 저도 그 기록을 보니 어이가 없더군요."

소요가 발생하거나 또는 그간 잘못된 게 있다면 예산을 투입해서 고쳐야 한다.

그런데 기재부는 황당하게도 모조리 커트한다.

게다가 이유가 너무 뻔뻔하다.

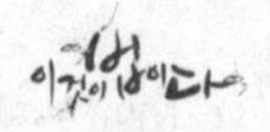

"작년에 신청한 거에 비해 과하게 요구한다고 커트한답니다."

"끄응."

"이거 어디서 많이 보던 논리 아닙니까?"

"하, 그건 그렇군. 연말에 보도블록 공사하던 그 논리 아닌가?"

"맞습니다."

연말 보도블록 공사. 이게 왜 벌어졌느냐.

매년 초 정부에서 예산이 나오면 위에서는 일단 아껴 쓰라고 지랄 발광을 한다.

이런 요구가 나쁜 건 아니다.

다 국민이 낸 세금이니 절약은 권장할 덕목이니까.

그러다가 연말이 되면 이제 남는 돈을 쓰라고 지랄을 한다.

왜냐하면 기획재정부의 논리가 황당하기 그지없기 때문이다.

'아껴 쓴 돈은 내년 예산안에 반영하여 더 좋은 업무 추진에 쓰도록 하겠습니다.'도 아니고 '남은 돈은 환수해 가겠습니다.'도 아니다.

사실 환수로만 끝났으면 연말 보도블록 공사 같은 건 안 벌어졌을 거다.

그 대신에 기획재정부는 '이야, 올해 100억이 남네? 예산이 많았구나? 그러면 내년 예산에서 100억 깎는다.'라고 통보해 버린다.

매년 추진하는 행사가 다르고 업무가 다르고 관리하는 대상이 늘어나는 건 신경 쓰지 않는다.

그냥 '이번에 남았으니까 깎는다. 그다음은 알빠노.'가 기획재정부의 방침이다.

"그래서 연말에는 남은 예산을 다 쓰겠다고 지랄 발광을 하죠."

그런데 그걸 빨리 소진할 수 있는 방법이 뭘까? 바로 보도블록 같은 공사다.

거기다가 그런 건설업자들은 하나같이 지역 권력자들이나 실무자들과 결탁한 경우가 많아서, 실무자들은 아예 연말에 그들에게 퍼 줄 생각으로 평소에는 수리에 필요한 돈도 쓰지 못하게 한다.

"그래서 시 외곽에 있는 도로는 박살 나서 구멍이 숭숭 뚫릴 정도로 관리가 안 되는데 시내의 보도블록은 연말만 되면 뒤집어엎는 게 일상이었죠."

어떤 곳은 온갖 핑계를 대면서 1년에 한 번씩 보도블록을 공사하기도 한다.

왜냐, 그 지역을 담당하는 업체에서 뇌물을 받았기 때문이다.

"지금이야 그게 워낙 문제가 되니까 좀 덜해졌지만요."

그 대신 보도블록보다 티가 나지 않는 다른 걸 맡기지만 말이다.

"이번도 마찬가지입니다. 웃긴 거죠."

작년도, 재작년도, 재재작년도, 심지어 10년 전에도 국방

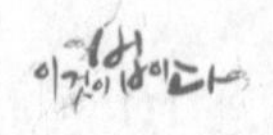

부는 추가로 필요한 경비를 요청해 왔다.

그러나 기획재정부는 그걸 커트해 버렸다.

그리고 예산을 신청할 때가 되면 '거봐, 올해 그 예산으로 충분히 살 만했지?'라면서 또 커트해 버리는 거다.

"건물이 썩어서 무너지고 매트리스에서 곰팡이가 피어나고 수도관에 녹물이 끼는 건 그들의 눈에 보이지 않으니까요."

"그건 그렇지."

"거기다가 국방부 이미지가 안 좋은 것도 사실이거든요."

다른 민간 영역에 투자되는 비용을 과도하게 깎는 건 국민 실생활에 영향을 준다. 그러니까 자기들이 욕먹는다.

"하지만 국방부야 뭐, 잡은 물고기니까요. 거기다 뭘 해도 국방부 아닙니까?"

뭘 해도 국방부. 부정할 수 없는 사실이다.

군 내부에서 폭력 행위가 벌어져도 국방부.

횡령이 발생해도 국방부.

뇌물을 받아도 국방부.

병사들을 노예 취급해도 국방부.

장교들을 병신 취급해도 국방부.

"국방부니까……라는 건가."

"네."

기획재정부에서 국방부 예산을 아무리 가차 없이 잘라도 국민들은 국방부를 욕한다. 지금까지 계속 그래 왔고, 어느 정도는 사실이니까.

"사람들은 진짜로 국방 예산이 충분하다고 생각하죠."

수천억짜리 군함에 40억짜리 수중 레이더 대신 4천만 원짜리 어군탐지기를 달고 39억 6천만 원을 횡령한 국방부 장관이라는 새끼가 당당하게 '생계형 비리입니다.'라고 말하는 게 국방부니까.

"하지만 그건 말장난이죠."

그건 개인의 일탈이지 예산이 충분하다는 뜻은 아니다.

"기재부의 문제다 이건가."

그 말에 송정한은 심각한 얼굴이 되었다.

그도 그럴 게 단 한 번도 기획재정부의 문제라고는 생각하지 않았기 때문이다.

"사실 이게 하루 이틀 문제도 아니죠. 기획재정부가 정부 위의 정부라는 말이 왜 나왔겠습니까?"

진짜 필요한 예산을 잘라도 상대방은 찍소리 못 한다.

왜냐, 기획재정부가 예산의 전권을 쥐고 있기 때문이다.

"예를 들어 기획재정부에서 소방관의 방화복 예산을 다 커트한다고 생각해 보세요."

만일 그런 행동으로 인해 소방관 중에서 사망자가 나온다면 과연 사람들은 누굴 욕할까? 당연히 소방청과 정부다.

"어디에도 기획재정부는 안 들어갑니다."

마치 흑막처럼, 예산안을 가지고 그들은 각 부서를 지배하

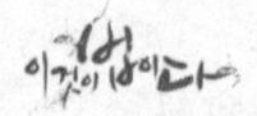

면서 뒤에서 낄낄거리고 있는 거다.

"허."

송정한은 혀를 끌끌 찰 수밖에 없었다.

자신도 수많은 개혁을 염두에 두었지만 솔직히 기획재정부는 생각하지 못했으니까.

"그러면 기획재정부를 어떻게 해야 하나? 이제 와서 갑자기 그들을 공격하는 건 그림이 이상한데."

외관상으로 기획재정부는 국방 문제와 전혀 상관이 없어 보인다.

예산을 편성하는 건 국방부지 기획재정부가 아니니까.

다만 편성한 예산을 커트하는 게 기획재정부라는 사실을 국민들이 모를 뿐이다.

"그래서 저희가 모든 작업을 다 끝내 놨습니다."

"작업이라 하면?"

"이번에 국방부에서 나오는 수많은 장교들이 있지요. 그들을 이용해서 기획재정부를 공격할 겁니다."

"장교들?"

송정한이 의아한 표정을 지었다.

"솔직히 강용안과 안주원은 서로 빨갱이 타령하면서 신나게 물어뜯고 있지 않습니까?"

"그렇지."

"그런데 정치적으로 나와 다르다고 무조건 빨갱이일까요?

아니면, 국가 단위로 군대를 와해시키는 게 빨갱이일까요?"

지금이야 노형진과 새론이 뒤에서 움직이는 시점인지라 사람들은 그들의 존재를 인식하지 못하고 있을 거다.

"하지만 군대를 공격하면서 장교들을 빼내기 시작하면 분명 누군가는 우리를 빨갱이 프레임에 가두려고 할 겁니다. 문제는 그게 마냥 불가능한 건 아니라는 거죠."

군대가 무너지면 나라가 무너지는 거야 너무나 당연한 일이니까.

군대가 없어도 평화를 사랑하면 아무도 쳐들어오지 않는다?

그건 길바닥에 수십억을 던져둬도 아무도 훔쳐 가지 않는다는 것과 같은 말이다.

"그리고 자유신민당과 민주수호당은 그것과 송 의원님을 엮으려고 하겠지요."

아무리 지금은 아니라 해도 실제로 새론과 노형진은 송정한의 파워의 근간이니까.

"그러니 그 전에 우리가 먼저 그들의 입을 틀어막아야 합니다."

"그게 기획재정부다?"

"네. 그리고 송 의원님이 말씀하셨잖습니까? 직접 군을 개혁하고 하급 장교들에게 실질적으로 돈을 주고 싶어도 다른 정당에서 필사적으로 반대할 거라고요."

"그랬지."

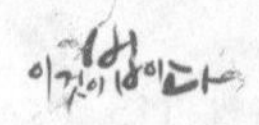

왜냐하면 그래야 상대방을 몰아붙일 수 있으니까.

나라가 망하든 말든 알 게 뭔가? 중요한 건 상대방이 국민들에게 무능하다는 말을 듣게 만드는 거다.

"그런데 그런 행동에 빨갱이 프레임을 뒤집어씌워 두면 어떻게 되겠습니까?"

"오호?"

물론 다음번에 개혁할 때도 똑같이 반대할 것이다.

"하지만 이쪽에서는 할 말이 생기는 거죠."

선거 직전이니 자유신민당이든 민주수호당이든 군인들의 처우 개선에 대해 한목소리를 낼 수밖에 없다.

지금 실시간으로 국방이 개박살 나는 게 두 눈으로 보이는데, 아무리 송정한이 싫다 한들 '국방 따위는 알 거 없고 송정한은 빨갱이입니다.'라고 주장할 수는 없다.

"더군다나 자유신민당이 맨날 하는 말이 그거죠, 국방은 자기들이라는."

정작 그간 역사를 보면 국방 예산은 도리어 자유신민당 때 더 많이 줄어들었지만 말이다.

"실제로 군은 자유신민당의 가장 큰 지지 세력입니다."

군대는 아예 민주수호당 출신 대통령을 무시하며 국가 기밀조차 보고하지 않고 자기들끼리 처리할 만큼, 철저하게 자유신민당을 편들어 왔다.

"그런데 이 상황을 과연 자유신민당이 가만둘까요?"

"그럴 수 없겠지."

"그렇다고 그걸 민주수호당이 막을 수도 없죠."

자유신민당은 수십 년간 민주수호당을 빨갱이 프레임으로 몰아붙여 왔다.

그런데 여기서 민주수호당이 '우리는 군 하급 장교들에 대한 처우 개선에 반대합니다.'라고 발표하면 진짜 빨갱이 취급을 피할 수 없다.

"지금 두 집단은 방향을 못 잡은 상황입니다. 송정한 의원님하고 똑같이요."

국방부를 공격하자니 괜한 정치적 부담이 생기고, 아예 이 문제에 대해 언급하지 않자니 사회적으로 국민들이 문제 삼아 심각하게 일이 커진 상황.

그렇다고 국방부를 편들어 주자니 국방부가 병신 짓을 한 것도 사실.

"그러니 이쪽에서 먼저 먹잇감을 던져 주는 겁니다."

"그게 바로 기획재정부다 이거군."

"맞습니다."

송정한이 기획재정부를 공격하면, 국방부는 공격 못 하는 두 집단은 기획재정부를 갈가리 찢으려 들 거다.

그런데 두 집단이 동시에 한 곳을 공격하면 먼저 공격한 집단이 눈에 띌 수밖에 없다.

"허. 자네, 그런 것도 미리 예상하고 있었던 건가?"

"본질은 결국 돈이니까요."

송정한이 뒤에서 부탁한 것과 별개로 노형진도 대한민국을 사랑하는 국민이며, 동시에 그가 지금까지 해 온 모든 것을 보면 애국자라고 불러도 이상할 게 없다.

"저도 군대가 사라지는 걸 원하지는 않습니다."

그저 군인들이 조국에 헌신하고 희생한 대가를 인정받기를 바랄 뿐이다.

"그걸 위해서라면 뭐, 욕이야 좀 먹죠."

노형진은 어깨를 으쓱하며 말했다.

"기획재정부라……. 그러면 지금 바로 시작하면 되나?"

"아니요. 조만간 군 장성 출신들의 기자회견이 있을 겁니다. 그 자리에 방문해 주세요."

"하지만 그건 문제가 생길 텐데?"

"아, 물론 한 명만 부르면 그렇겠지요."

하지만 그 기자회견에 송정한만 부르지는 않을 거다.

강용안도 그리고 안주원도 부를 거다.

"하지만 국방부의 눈치를 보는 두 사람이 과연 올까요?"

와도 나쁠 건 없다. 그만큼 기획재정부에 들어가는 압력이 강해지니까.

하지만 만약 오지 않는다면? 공적은 송정한이 독식하면 그만이다.

"우리는 손해 볼 일 없습니다, 후후후."

노형진은 자신 있게 말했다.

⚖

얼마 후 군에서 이번에 예편하기로 마음먹은 고위 장교들의 기자회견이 열렸다.

하위 장교도 아니고 영관급 이상의 장교들이 한꺼번에 기자회견을 한다는 사실에 사람들은 깜짝 놀랐다.

국방부도 엄중 경고한다고 설레발을 쳤다.

하지만 기자회견장에서 군사기밀을 공개하는 것도, 국방부를 공격할 것도 아니다. 그러니 줄 수 있는 건 인사고과의 마이너스 정도인데, 이미 예편을 마음먹고 소송까지 한 판국에 그게 무슨 의미가 있겠는가?

그리고 그 기자회견의 얼굴은 다름 아닌 김주광이 하기로 했다.

일단 예편한 상황이라 마음도 편한 데다 중장으로 계급도 높았고, 실제로 수년간 국방부의 개혁을 외치던 이라 사람들 사이에서 인지도도 높기 때문이다.

그런데 기자회견장에 모습을 드러낸 김주광은 예상 밖의 말을 했다.

"국민 여러분, 이번 하위 장교 이탈 사태에 대해 너무 국방부만을 탓해서는 안 됩니다."

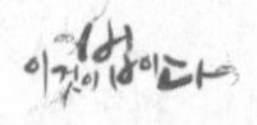

김주광의 말에 일부 기자들은 고개를 갸웃했다.

김주광은 중장 출신이지만 반국방부 성향을 가지고 있다고 알고 있었기 때문이다.

"이게 다 국방부 잘못은 아니라고 생각하는 겁니까?"

"그렇습니다."

"아무리 국방부 출신이고 중장이라지만 그건 너무한 말 아닙니까? 등 뒤에 수많은 피해자들이 있는 거 아시잖습니까?"

"더군다나 소문에 따르면 29사단은 장교 예편을 희망하는 사람이 너무 많아서 사단이 거의 해체 직전이라던데요?"

"29사단만이 문제가 아니고 현재 소송에 들어간 장교만 대한민국 군대 장교의 20%라는 소문이 있습니다. 이런데도 국방부에 잘못이 없다고요?"

기자들은 그간 물어뜯을 게 없어서 입이 심심했다.

물론 선거가 코앞이라 그 떡밥이 매일 터져 나오기는 하지만 그것도 하루 이틀이고 매일 그 이야기만 할 수는 없으니까.

그 와중에 국방부 떡밥은 완전 맛있는 별식이었다.

"알고 있습니다. 물론 국방부의 잘못이 아예 없다고는 말 못 하겠지요. 하지만 그 이전에, 이 군대의 무능화와 무력화에는 대한민국 기획재정부라는 거대 악이 있다는 것을 아셔야 합니다."

"거대 악?"

"정부 부처를 거대 악이라고 표현하신 겁니까, 지금?"

"그렇습니다. 군인들이 최저임금을 받지 못하는 이유가 뭐라고 생각하십니까? 대위급이 그렇게 집에도 가지 못하고 고생해도 편의점 알바만큼도 받지 못하는 이유가 뭐겠습니까? 이게 다 기획재정부가 돈을 주는 걸 거부하고 있기 때문입니다."

"기획재정부가 돈의 지급을 거부한다고요?"

"국방부는 벌써 수십 년 전부터 하급 장교의 생활환경을 바꾸기 위해 요청해 왔습니다. 그러나 수십 년 동안 기획재정부, 아니 이전 기획예산처 때부터 그 요청은 모조리 잘렸습니다. 그들에게 군인이란 노예일 뿐이니까요."

그간 쌓여 있던 분노가 김주광의 입에서 흘러나왔다.

바꿔 달라고, 군을 살려 달라며 했던 수많은 요청들.

장군들에게 커트당하고 국방부 장관에게 커트당했다.

그러다 기적적으로 통과되어도, 결국 기획재정부에서 잘랐다.

그들에게 군인은 노예니까.

'우리는 노예가 아니다.'

자신들은 그저 나라를 지키기 위해 헌신한 것뿐이다. 그런데 이렇게 노예 취급하다니.

"군인들이 군을 그만두는 건 군을 사랑하지 않아서가 아닙니다. 조국을 지키고 싶지 않아서가 아닙니다. 생존을 위해서입니다. 아이가 아픈데 돈이 없어서 병원에 못 가는 상황에 나라가 눈에 들어오겠습니까? 아이가 아픈데 당직이라는 이유로 아이 옆으로 가지 못하는데 어떻게 조국에 대한 애국심이 생길까요. 어떻게 사랑하는 사람에게 자기는 최저임금도 받지 못하지만 그래도 사랑한다고, 결혼해 달라고 할 수 있습니까? 우리는 노예가 아닙니다. 우리는 군인이기 이전에 국민이며 국가를 위해 헌신한 사람들입니다. 기획재정부 당신들이 잡은 물고기라고, 노예처럼 생각한다고 해서 끝이 아니란 말입니다."

울분이 섞인 말에 일부 장교들은 공감한다는 듯 고개를 끄덕거렸고, 현실을 아는 일부는 눈물까지 흘렸다.

직접 그런 일을 당했던 피해자들이니까.

기자들도 연신 속보를 날리기 시작했다.

"저희가 많은 돈을 달라는 게 아닙니다. 수백억을 달라는 것도 아니고, 그렇다고 특혜를 달라는 것도 아닙니다. 일한 만큼만 인정해 주십시오. 다른 사람들이 일한 만큼 받아 가는 것처럼, 우리도 일한 만큼 받아 갈 수 있게 해 주십시오."

김주광의 말에 다들 고개를 끄덕거렸다.

그런데 그렇게 김주광의 말이 끝나자 송정한이 단상에 올라왔다.

"저거 송정한 아니야?"

"송정한이 어쩐 일이지?"

"친애하는 기자 여러분. 그리고 국민 여러분."

마이크를 넘겨받은 송정한은 분노한 목소리로 말했다.

"저는 빨갱이라는 말을 싫어합니다. 저는 정치 생활을 하면서, 아니 정치 생활 이전에 판사와 변호사 생활을 할 때부터 저를 빨갱이라 욕하는 사람들을 많이 만났습니다."

그 말에 불만스러운 얼굴로 송정한을 바라보는 기자들.

하지만 그 불만을 이야기할 만큼 패기 넘치는 놈은 없었다.

"하지만 그렇다고 해서 빨갱이가 없다고 생각하지는 않습니다. 군 내부에서도 간첩이 발견되고, 심지어 국정원 내부에서도 매국노가 발견되었습니다. 그런 것을 보면 세상은, 스스로 지킬 수 없다면 결국 먹잇감이 되는 구조입니다."

그 말에 다들 고개를 끄덕거렸다. 틀린 말은 아니니까.

"군이란 그런 세상에서 우리를 지키기 위해 희생해 온 사람들입니다. 장교들만이 아니라 모든 남성들이 인생의 황금기를 오로지 국가와 가족을 위해 희생해 왔습니다. 그렇다면 그런 그들을 노예 취급하고, 착취하도록 유도하고, 오로지 돈만을 말하며 그 헌신을 비웃은 존재를 과연 뭐라고 불러야 할까요? 저는 그런 놈들이야말로 진정한 의미에서의 빨갱이라 생각합니다. 수십억짜리 탱크가 있으면 뭐 합니까? 수천억짜리 배가 있으면 뭐 할까요? 그걸 운용할 사람도, 그걸 지휘할 사람도 없으면 그대로 적의 손아귀에 들어갈 고철일 뿐입니다. 그걸 알면서도 그걸 운용하는 사람을 착취하는 놈들을 뭐라고 부르겠습니까? 그게 바로 빨갱이입니다."

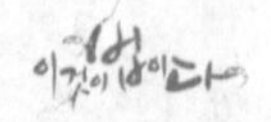

그 말에 눈치 빠른 일부 기자들이 목소리를 높였다.

“그 말은 지금 기획재정부가 빨갱이다 이겁니까?”

“틀린 말은 아니지 않습니까? 이 문제는 십수 년 전부터 터져 나왔고 기획재정부도 십수 년 전부터 알고 있었습니다. 하지만 그 십수 년 동안 그들은 모든 개선 비용을, 이미 잡은 노예라는 이유로 잘라 버렸습니다.”

송정한은 심각한 얼굴로 다시 한번 말했다.

“군대에도 간첩이 있었고, 국정원에도 스파이가 있었습니다. 기획재정부라고 과연 빨갱이가 없을까요? 여러분은 이 나라가 한때 대통령까지 일본의 스파이였던 나라라는 걸 잊지 말아야 합니다.”

그 말에 기자들은 심각한 얼굴로 쑥덕거리기 시작했다.

그리고 송정한의 발언을 담은 기사가 빠르게 인터넷을 점령했다.

송정한의 기자회견이 터지자 사람들의 분노는 하늘을 찌를 듯이 치솟았다.

그리고 거기에 기름을 부은 건, 김주광이라고 하면 때려죽이고 싶어 하는 한국 전역 장군 모임인 한국 장성회였다.

그들은 군에서 예편한 장군들로, 군 내부의 두둑한 배경을 서로 이용해서 돈을 뜯어내기 위해 뭉친 군 조직이자 실제로 개혁 주의자였던 김주광을 쫓아낸 핵심이었다.

"그런데 그놈들이 날 도와줄 줄은 몰랐습니다, 허허허."

김주광은 어이가 없다는 표정으로 말했다.

"그들은 군대와 엮여 있으니까요."

노형진은 당연하다는 듯 말했다.

"군대는 아무래도 같은 정부 부처라는 특성상 기획재정부를 공격하지 못합니다."

더군다나 예산을 쥐고 흔드는 기획재정부 눈 밖에 나면 진짜 나중에 더 크게 손해 볼 수도 있다.

"하지만 이번은 기회거든요."

지금 엿 한 방 크게 먹여 두면 기획재정부는 원하지 않아도 예산을 늘려 줄 수밖에 없다.

당장 국방부가 무너지고 있다고 매일같이 뉴스에 톱기사로 나가는데 그 원인이 기획재정부에 있다고 하니까.

"더군다나 그 책임이 기획재정부에 있다면 국방부도 이번에는 욕을 덜 먹을 테니까요."

"국방부에서는 맨날 추진한다고만 했는데 말이죠."

"아시지 않습니까?"

국방부에서 추진한다? 그건 실제로는 거의 의미가 없다.

일부는 국방부의 '추진한다'가 '안 준다'를 '국방부체'로 다르게 표현한 말이라고도 애기하지만, 사실 국방부에서 요청

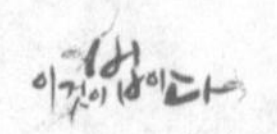

한 걸 기획재정부에서 100% 커트해 버리기에 그런 상황이 되는 거다.

"그런데 기획재정부에서는 아무 말도 못 하더군. 왜 그러는지 모르겠어."

김성식은 아무 말 못 하는 기획재정부의 모습이 이해가 되지 않는다는 듯 고개를 갸웃했다.

"설마 무시하면 끝이라고 생각하는 건가?"

"뭐, 그런 것도 없잖아 있겠지만 다른 이유도 있을 겁니다."

"다른 이유?"

"기획재정부는 대중에게 공격당한 경험이 단 한 번도 없거든요."

"아, 하긴 그랬겠군."

대중은 보이는 곳만 공격한다.

자신들과 밀접하게 연관되어 일상에서 쉽게 접할 수 있는 국방부나 소방청 또는 국세청 같은 곳들 말이다.

그에 비해 기획재정부는 가장 강력한 힘을 가졌지만 대중이 제대로 인지하기 어려울 정도로 일상에서 접할 일이 없다.

"그러니 어쩔 줄 몰라 한다 이건가?"

"네. 그리고 그런 조직은 대부분 비슷한 방법을 생각합니다."

"그렇지. '어차피 국민은 개돼지다.'를 시전하지."

대응책이 없다. 대응할 방법도 없다.

그런데 자신을 욕하는 대상이 자신을 직접 공격할 방법도 없다?

그러면 답은 보통 하나로 귀결된다.

'어차피 국민은 개돼지니까 시간이 지나면 잊어버려.'

황당한 결론이지만 사실이기도 하다는 것이 이 결론의 웃긴 점이다.

물어뜯을 거야 넘쳐 나니 시간이 지나면 언론이 방치하고 어느 순간 다들 무관심해지기 때문이다.

"특히나 변화가 없다는 건 사람을 지치게 만드는 가장 큰 이유거든요."

지금 국민들은 기획재정부를 무척이나 욕하고 있다. 하지만 그들이 조금도 바뀌지 않으면 금세 지쳐 버릴 거다.

"그러니까 내가 나서야 한다는 거 아닌가?"

송정한은 이 기회를 이용해 기획재정부에 대한 감사 및 개혁을 주장하기로 했다.

"네. 그리고 그건 지지율로 연결될 거고요."

국민들은 손댈 수가 없다. 하지만 국회의원은, 그리고 대통령은 손댈 수 있다.

애초에 기획재정부는 규모가 작은 기획예산처라는 곳이었다. 하지만 오래전 대통령이 기획재정부라는 이름으로 확대하면서 힘을 실어 준 거다.

이를 반대로 말하면, 새로운 대통령이 그들의 힘을 빼는 것도 가능하다는 것.

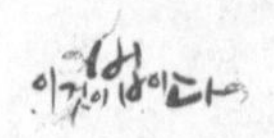

"그렇기는 한데……."

송정한은 걱정스럽게 중얼거렸다.

노형진의 계획은 전반적으로 완성도가 높다. 그러니 노형진의 계획에 따라 공격당한 이상, 기획재정부는 다음 연도 예산안에서 장교의 근무 수당 현실화나 생활환경 개선에 대해 과거처럼 무조건적인 반대를 할 수는 없을 것이다.

"그렇게 되면 장교들의 질도 높아지고, 이탈도 훨씬 줄어들 겁니다."

그들은 군이 미운 게 아니다. 그저 군에는 미래가 없고 가족이 살아야 하기 때문에 떠나는 것뿐이다.

그러니 내년에라도 확실히 여건이 나아진다면 군을 떠나는 사람은 줄어들 것이다.

"당분간 군이 힘들기는 할 겁니다."

하지만 결국 그 착취적인 구조를 바꾸지 못하면 군에 지원하는 사람도 없을 테고 군에 계속 있으려는 사람도 없을 테니, 결과적으로 이번에 구조를 고치는 게 역으로 기회가 될 거다.

"이미 나온 사람들은?"

송정한은 그래도 약간은 걱정된다는 듯 물었다.

그도 그럴 게 군 내부에서 아무리 설득해도 떠나는 사람이 한두 명이 아니었으니까.

당장 20%에 가까운 군인들이 떠나겠다는 의사를 밝혔고 그걸 막기 위해 각 부대는 하급 장교들에게 거의 빌다시피 하는 상황이다.

29사단은 사실상 와해되다시피 해서 사단장은 영혼까지 털리는 상황이고 말이다.

하지만 노형진은 그들을 돌려보낼 생각이 없었다.

"이미 마음이 뜬 사람들이죠."

이미 마음이 뜬 사람들을 억지로 붙잡아 둔다고 해서 그들이 과연 제대로 군 생활을 할까? 그럴 리가 없다.

"노 변호사님, 그런데 문제가 있지 않습니까?"

조용히 듣고 있던 김주광이 뭔가 꺼림칙한 목소리로 입을 열었다.

그도 그럴 게 그는 이번 사태에서 많은 부하들의 고민을 직접 들었던 것이다.

"소령급 이상 말씀이군요."

노형진도 그가 뭘 고민하는지 알고 있었다.

"잘 아시는군요."

사실 노형진이 군에서 나온 장교들을 우선 고용한다고는 했지만 모든 사람을 다 고용할 수는 없다.

정확하게는, 고용할 자리는 여전히 많지만 소령급 이상의 나이를 가진 사람들을 고용해서 군수품 공장에서 일하라고 하기에는 경험도 그리고 급도 맞지 않는다는 게 문제다.

"소령 중 그나마 자존심 숙이고 일찍 나온 사람이라면 공

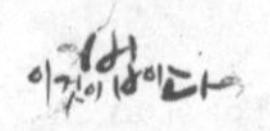

장에 갈 수 있겠지만요."

소령의 정년은 45세다. 그래서 장기 하는 사람들이 대위로 나가면 나갔지, 소령을 달고 나가기는 싫어하는 거다.

살면서 가장 돈이 많이 드는 시기가 소령의 정년인 45세에 찾아오기 때문이다.

더 지랄맞은 건, 소령급 이상은 아예 초과근무 수당이 없다는 거다.

열 시간을 일하든 백 시간을 일하든 이백 시간을 일하든, 땡전 한 푼 받지 못한다.

그 대신에 관리 업무 수당이라는 걸 받는다.

그런데 이 관리 업무 수당이라는 게 기본급의 9%다.

소령의 1호봉이 대략 300만 원이니 여기에 9%를 받는다는 건 27만 원을 더 받는 셈인데, 소령이 군대의 핵심 인력으로 갈려 나가는 수준을 생각하면 터무니없이 낮은 임금인 셈.

"하긴, 중령이나 대령급이면…… 뭐."

나이가 많아서 공장에서 하위 장교들과 같이 일할 수도 없고 체력도 떨어진다.

그리고 노형진의 성격상 고위 장교 출신이라고 거들먹거리면서 내근직으로 모가지에 힘주고 돌아다니는 꼴을 두고 볼 리가 없다.

"물론 그 정도 되면 연금으로 사는 것도 충분히 가능하겠지만."

그렇다고 해서 그들에게 부족함이 없는 건 아닐 거다.

노형진은 걱정스러운 얼굴로 말을 늘어놓는 김주광을 보며 웃었다.

"하하하, 그렇잖아도 그 계획은 준비 중입니다."

"어떻게 말인가?"

"간단합니다. 아레스에 입사시킬 겁니다."

"아레스? 마이스터가 만든 그 민간 군사 기업?"

"네."

"자네 미쳤나?"

아레스 밀리터리 그룹은 실제 전투와 전략 전술을 이용하고 지역 통제 임무를 수행하는 실전 기업이다.

농담이 아니라 미국의 의뢰를 받아 아프가니스탄을 성공적으로 컨트롤해서, 원래 역사에서는 두 손 두 발 들고 떠났던 미국이 여전히 그곳을 통제하고, 심지어 탈레반을 일소하는 데 큰 도움을 주기까지 했다.

"그런 곳에 나이 먹은 노인네들을 넣는다고?"

소령만 해도 나이가 있는데 중령이나 대령?

그런 사람들이 실전을 할 수 있을 리가 없다.

실제로 중령, 대령은 실전 전투 지휘관보다 서류 업무에 쫓기는 직장인과 같은 역할을 할 때가 더 많다.

그래서 아무리 위관급이 빡세게 체력을 키워도 중령, 대령급이 되면 체력이 쭉쭉 떨어진다.

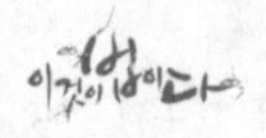

"위관급뿐만이 아니라 상사 이상의 나이가 많은 부사관들 역시 입사시킬 겁니다."

"아무리 다급해도 그 나이 먹고 전투 병력을 지원해 가지는 않을 겁니다."

그 나이대에는 전투는커녕 젊은이들을 따라다니는 것도 힘들 테니까.

"물론 그렇죠. 하지만 애초에 아레스 밀리터리 그룹이 아프가니스탄의 정리에 협조한 목적이 한국군의 정리입니다."

"한국군의 정리?"

"한국군의 실전 태세 능력은 형편없습니다. 아시겠지만요."

"으음……."

아직도 교리는 1960년대 그대로고 군 시스템 역시 마찬가지다.

미군과 훈련하다 보면 미군이 경악을 금치 못할 정도로 후진적인 게 한국군의 전투 교리다.

물론 미국의 전투 교리라고 정답은 아닐 거다. 군의 보급 상황도 다르고 지형도 다르니까.

하지만 최소한 상식적인 문제도 해결하지 못하는 군부대 수준은 아니다.

"미국은 온갖 상황을 가정하고 실전적인 훈련을 합니다. 그런데 한국군의 훈련은 아니죠."

한국군의 훈련은 상황에 따라 결정된다. 그런데 그게 참

쇼에 가깝다.

“매번 뻔한 상황이 부여되죠. 감독관과 친할수록 더더욱 그렇고요.”

“크흠.”

그 말에 김주광은 헛기침을 했다. 그게 사실이니까.

가령 지휘관이 감독관과 친하다? 부여되는 상황은 기껏해야 소대장 전사 또는 식량, 즉 취사 병력 폭사, 아니면 적 정찰대 발견이다.

그런데 안 친하다? 일단 중대장 폭사로 시작해서 1개 중대 전멸 등등 지랄맞은 조건을 달기 시작한다.

“문제는 그게 통일성도 없고 어떻게 대처하는지에 대한 교육도 없다는 거죠.”

전자의 경우 답은 너무 뻔하다.

소대장이 죽으면 부소대장이 지휘권을 넘겨받으면 되고, 취사병이 죽으면 전투식량을 주면 되며, 적을 발견한 거라면 병력을 보내면 된다.

“하지만 중대가 전멸해 버리면 일이 개판되는 거죠.”

방어선 한쪽이 뚫려서 적이 거기로 몰려오는 걸 막는 훈련인데, 막지 못했다고 판단되면 부대 전멸 판정을 내려 버린다.

“그게 공정하지도 않을뿐더러 너무 막무가내라는 거죠.”

“막무가내?”

“애초에 실전 경험이 없는 대한민국 군대의 한계라고나 할

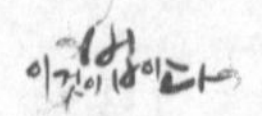

까요?"

1개 중대가 전멸해서 측면이 뚫릴 수는 있다.

그런데 거기 중대장, 하다못해 소대장들은 다 병신일까?

당연히 상황에 따라 지원 요청이나 포격 요청, 혹은 퇴각 요청을 할 것이다.

"그런데 심사할 때는 그런 거 합니까?"

"크흠…… 안 하지."

그냥 싹 다 몰살당했다, 그렇게 설정하고 훈련한다.

"실전은 그렇게 굴러가지 않는다는 거, 잘 아시지 않습니까?"

가령 적의 주공격로가 1중대 방향이라 그쪽으로 몰려왔다.

그러면 어디서 어떻게 병력을 빼서 보조할 것인가.

예비대는 얼마나 운영할 것인가.

그 과정에서 후송은 어떻게 할 것인가.

"후퇴한다고 끝이 아니죠."

후퇴 후에 후퇴 병력 수습을 어떻게 할 것인가.

그 과정에서 부상병 처치는 어떤 순으로 이루어질 것인가.

"더군다나 한국군은 아예 시가전 훈련 자체가 없습니다."

오로지 개활지, 그것도 숲 같은 곳만 훈련 대상으로 삼는다.

하지만 현대전의 80%는 시가전이다.

"아레스는 민간 군사 기업입니다. 전투는 군인의 영역이고요."

"그래서?"

“미국에서 원하는 건 국방 개혁을 이끌어 달라는 겁니다.”

“설마?”

“네. 미국에 부탁해서 훈련 감시부터 시작할 생각입니다.”

그것도 한국인이 생각하는 그런 뻔한 게 아니라 실제 미군이 겪었던, 그리고 실제 전사에 나왔던 극한의 상황을 부여해 임무 처리 능력을 숙달시킬 거다.

“과거처럼 장군님 사바사바로 별 달게 두지 않을 겁니다.”

패잔병이 몰려들거나, 적이 민간인을 방패 삼거나, 군수품 트럭이 적의 습격을 받아 총알도 부족한 상황이라거나.

그런 경우는 전쟁터에서도 많다.

미국이 아무리 쇼 미 더 머니를 치는 국가라고 해도 군수품을 전방까지 가지고 가는 데 문제가 없겠는가?

실제로 6.25 전쟁 당시에 미군 보병 부대가 투시롤, 즉 은어로 박격포탄을 달라 요청했더니 뜬금없이 사령부에서 투시롤이라는 사탕을 왕창 주는 바람에 해당 부대는 박격포탄의 화력지원도 없이 적을 막아야 했던 적도 있었다.

“중령이나 대령쯤 되면 사실 각 부대가 무슨 꼼수를 쓰는지는 빤히 알겠죠.”

애초에 그들이 지휘관이었고, 심사관으로서의 역할도 중령급에서 많이 한다.

그렇기에 어디가 약점인지, 그리고 어디서 어떻게 브레이크를 걸어야 하는지 모를 수가 없다.

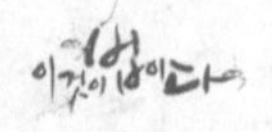

"거기다 실전 상황으로 조건을 걸어 버리면 지휘관의 실력이 그대로 드러날 수밖에 없어요."

가령 보급이 부족하다면, 능력 없는 지휘관은 일단 닥치는 대로 탄을 모아서 공정하게 분배하라고 할 거다.

그런데 그렇게 되면 탄을 모으는 순간에 자리가 비는 것도 있고, 결정적으로 어디가 주공인지 모르는 상황에서 탄이 부족한 주공 방향 부대가 무너질 거다.

"하긴, 실제로 전투 훈련하다 보면 탄 소진 같은 건 가정한 상황에 없지."

그런데 현실에서 병사 한 사람이 가진 탄은 제대로 된 교전 상황이라면 30분 이내에 소진된다.

"실력 좋은 대대장이라면 일단 후방 본부 중대의 탄을 전방으로 분배한 후에 남은 병력 중 일부를 차출해서 차량이 전복되거나 돈좌되어서 보급이 끊어진 곳으로 탄을 가지러 가겠죠."

폭넓게 보느냐, 아니면 그냥 자기 훈련 부대만 보느냐.

그 차이는 크다.

시야가 좁은 놈들은 아무리 노력해도 시야가 넓어지지 않아서 대대장은 될 수 있을지언정 장군은 되면 안 된다.

그랬다가는 진짜 부대를 말아먹으니까.

"군이 많이 바뀌겠군."

"네. 그리고 송정한 의원님이 많이 도와주셔야 합니다."

실전 부대로 바뀌는 걸 가장 두려워하는 건 아이러니하게도 기존 장군들이다.

기득권을 유지할 수도 없거니와 스스로 실전 경험도, 실전 정보도 없어 찬밥 취급받게 될 테니까.

"자네는 시작도 하기 전에 일거리부터 맡기는군, 허허허."

"할 건 해야지요."

설사 그게 군대라고 해도 노형진은 봐줄 생각이 없었다.

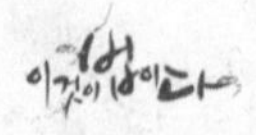

그 수준에 맞는

본격적인 선거가 시작되었다.

한국은 법적인 선거기간이 짧은 편이다. 그 이전에는 대놓고 출마 준비를 해도 공식적으로 '나 무슨 선거 나갑니다.'라고 말하는 건 불법이다.

대통령 선거도 마찬가지.

후보자 등록이 끝난 후 본격적으로 대통령 선거가 시작되자 각 정당은 오로지 단 하나 대통령 당선만으로 어떻게 해서든 권력을 창출하기 위해 몸부림치고 있었다.

하지만 권력은 몸부림친다고 해서 만들어지는 게 아니다.

"환장하겠네."

민주수호당 소속의 안주원은 떨떠름한 얼굴로 말했다.

"어떻게, 방법 없습니까? 말해 봐요."

"……."

"아니, 뭐라도 해야 할 거 아닙니까? 진짜로 송정한 그놈한테 다 털리고 싶어요?"

"후보님, 저희도 최선을 다하고 있습니다. 일단은 지역을 돌면서……."

"누가 안 돈대요? 돌아도 의미가 없잖아요!"

안주원은 미칠 것 같았다.

그도 그럴 게, 선거운동 직전 아들을 위해 온갖 비리를 저지른 게 터지는 바람에 강용안이 나락으로 떨어졌다.

자유신민당에서는 뒤늦게라도 후보를 새로 뽑자는 이야기까지 나왔지만 선거가 코앞이라 결국 그대로 진행되었고, 그 결과 강용안의 지지율은 완전히 바닥을 치고 있었다.

골수 지지층을 제외하고는 모조리 이탈해서, 한때 송정한을 위협하던 2등에서 격차가 심하게 나는 3등이 되었다.

그리고 그건 안주원에게 생각지도 못한 결과로 다가왔다.

3등이었던 안주원에게 반송정한파나 일부 부동층이 쏠리면서 2등으로 치고 올라간 것.

물론 2등이라고 해서 많이 오른 건 아니다. 한국에는 일정 수치의 콘크리트층이 있기 때문이다.

그들은 강용안이 뭔 짓을 해도 지지할 테니, 어렵게 2위에 올라오기는 했지만 그렇다고 해서 송정한을 꺾을 정도는 아니었다.

하지만 2위와 3위의 차이는 아무래도 엄청나게 컸다.

그렇잖아도 혹시나 하는 마음이었던 안주원은 그걸 보고 더더욱 간절해졌다.

'송정한만 이기면…….'

자신의 비리도, 측근의 비리도 다 덮을 수 있다. 그리고 기득권도 지킬 수 있다.

그런 생각들이 마음을 다급하게 만들었다.

물론 부동층이 자신에게 온 것도 좋지만 진짜 좋은 건 송정한을 반대하는 온갖 집단들—언론, 경찰과 검찰 그리고 법원, 심지어 이제는 군부대와 기획재정부, 국정원까지 송정한 타도라는 거대한 목적하에 모여들어서 노력하고 있다는 것이었다.

'조금만 더…… 조금만 더 하면…….'

그게 먹혔기에 얼마 전까지만 해도 '누송대', 즉 누가 봐도 송정한이 대통령이라는 상황에서 해볼 만하다는 분위기로 바뀌었다.

물론 실무자들은 기가 막힐 뿐이었다.

가장 강력한 라이벌이 제풀에 나가떨어지고 나머지들이 다 달라붙어서야 그나마 해 볼 만한 선거라니.

"중요한 건 이번이 유일한 기회라는 겁니다. 송정한은 기존의 개혁 성향 놈들처럼 물렁한 놈이 아니에요."

만약 그가 대통령이 된다면 피도 눈물도 없이 부패 사범들을 족칠 거다.

적당한 타협? 왜 그런 걸 한단 말인가? 돈이 충분한데!

권력도 마찬가지다.

애초에 송정한의 가장 강한 지지 세력은 그의 정당인 우리국민당이 아니다. 마이스터이고, 미다스다.

그들이 수틀리게 나오면 대한민국은 두 번째 IMF를 겪게 될 거다.

"그놈은 욕심도 없고 아무것도 없어요. 그러니 막지 못하면 우리는 나가리 되는 겁니다. 남은 생을 교도소에서 보내고 싶지는 않겠지요?"

"……."

그 말에 참모진은 아무런 말도 못 하고 그저 침만 꿀꺽 삼켰다.

"그러니까 어떻게 해서든 송정한을, 이번 기회에 쓰러트려야 합니다."

"일단은 광주 쪽으로……."

쾅!

그 말에 안주원은 짜증스럽게 말했다.

"어차피 거기는 우리 텃밭 아닙니까? 송정한을 쓰러트릴 방법을 생각해 보라니까요!"

"그게 쉽지 않습니다. 얼마 전에 국방부 사건도 그렇고……."

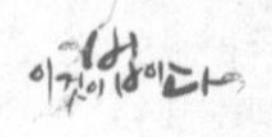

"미치겠네. 그때 갈걸."

사실 기자회견장에서 함께해 달라고 요청이 오기는 했다.

하지만 그랬다가는 국방부와 불편해지는 상황이 될 것 같아서 참석하지 않았다. 그건 강용안 역시 마찬가지.

그런데 현장에서 송정한이 그 예편 장교들과 함께 악의 축이라면서 기획재정부를 두들겨 패는 바람에, 사람들은 군대를 정상화할 수 있는 사람은 오로지 송정한뿐이라고 생각하기 시작했다.

그렇잖아도 군대에서 하급 장교 대우 문제가 심각했는데, 어쩌다 보니 그걸로 자기가 물고 늘어질 틈조차도 없게 된 것.

"지금 차이가 얼마나 납니까?"

"대략 4%입니다."

4%. 진짜로 뒤집을 가능성이 있는 확률이다. 그래서 더더욱 입술이 바짝바짝 말랐다.

"다른 곳에서 지원은 없어요?"

"없습니다."

최선을 다해서 저항하기는 하지만 합법이라는 영역 안에서 활동해야 한다는 특성상 결국 그들은 한계가 명확했다.

과거에는 합법의 영역 따위는 쌩까고 일단 네거티브와 허위 사실 유포로 승리하면 그만이었지만 지금은 다르다.

"음……."

그때 안주원의 지낭이라 불리는 조기장 의원이 지금까지

의 침묵을 깨고 조심스럽게 입을 열었다.

“후보님, 어차피 이렇게 된 거, 차라리 방법을 바꾸시죠.”

“어떻게 말입니까?”

“노형진과 마이스터를 공격하는 겁니다.”

“뭐라고요?”

그 말에 안주원은 눈을 크게 떴다.

물론 극단적인 상황이라는 건 안다. 하지만 아무리 그래도 그렇지, 노형진과 마이스터를 공격하자니?

“미쳤습니까?”

“어차피 공격당할 거라면 우리가 선빵을 치자 이겁니다.”

“우리가 선빵을 치자?”

“네. 어차피 우리가 어찌하든 결국엔 공격당할 수밖에 없지 않습니까?”

“그건…….”

물론 합법적으로 정당하게 승부한다면 노형진이나 새론에 공격당할 이유가 없다.

하지만 차기 정권을 잡지 못한다면, 권력이 바뀐 상황에서 영혼까지 털릴 건 너무나 당연한 일.

“천천히 죽느냐 빨리 죽느냐의 문제입니다.”

“음…….”

“그러니 우리는 어떻게 해서든 살아남아야 합니다. 그리고 유일한 방법은 선거에서 이기는 겁니다.”

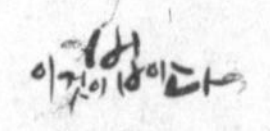

조기장 의원의 말에 안주원은 떨떠름하게 물었다.

"그러니까 노형진과 마이스터를 공격하자?"

"네. 어차피 노형진과 마이스터는 한국을 절대로 못 버립니다."

"그게 무슨 말입니까?"

안주원의 말에 조기장이 목소리를 높였다.

"그간 그들의 행동을 보면, 범죄를 저지른 대상은 족쳐도 한국을 직접 공격하지는 않았습니다."

"그건 당연한 거 아닙니까?"

한국을 공격한다는 건 국가와 싸운다는 건데, 아무리 마이스터가 크다고 해도 그건 무리다.

하지만 조기장은 다르게 생각했다.

"아니, 그런 말씀을 드리는 게 아닙니다."

"그러면요?"

"그들의 최종적인 목적은 엄밀하게 말하면 한국을 위하는 거라는 거죠."

"우리를 건드리는 게 한국을 위하는 거라고요?"

그 말에 안주원은 자존심이 팍 상했다.

이미 그는 자신이 곧 한국이라 생각하고 있었으니까.

조기장은 그런 안주원에게 확실하게 말했다.

"최소한 송정한은 우리처럼 정치자금을 받으면서 타협은 하지 않습니다. 결국 입장의 차이죠."

자신들은 권력을 유지하고 편하게 정치하기 위해 타협하지만, 송정한은 그러지 않는다.

노형진과 마이스터가 추구하는 정의가 그거라는 거다.

“그래서요?”

“그리고 노형진과 마이스터의 방식을 보면, 불법만 저지르지 않는다면 우리가 뭔 짓을 하든 반응하지 않을 겁니다.”

“불법만 저지르지 않는다면?”

“네. 당장 기자들이 절묘하게 송정한을 까고 있지 않습니까?”

송정한의 판단이 틀렸다는 둥 국방 개혁과 관련해서 기획재정부를 공격하는 게 뜬금없다는 둥, 기자들은 미묘하게 송정한을 공격하고 있다.

하지만 그런다고 마이스터로부터 공격당하지는 않는다.

“즉, 허위 사실 유포나 거짓말, 조작을 하는 게 아니라면 노형진과 마이스터는 터치를 하지 않는다는 거죠.”

“하긴.”

노형진과 마이스터의 손아귀에 걸려서 살려 달라고 빌다가 자살한 기자들이 어디 한둘인가?

그나마 반성하고 양심선언이라도 하면 살 수 있지만, 그게 아니라 자존심 때문에 거짓말을 계속하거나 정치적 이유로 허위 사실을 유포하는 기자에게 노형진과 마이스터는 가차 없었다.

“공격을 못 하는 게 아니라 하지 않는 겁니다. 왜냐하면,

그들이 보기에 그런 일은 민주주의의 영역에서 합당한 수준이니까요."

"그래서 뭘 말하고 싶은 겁니까?"

조기장 의원이 말을 빙빙 돌리자 안주원은 그를 다그쳤다.

이기고 싶은데 시간이 얼마 없다. 그러니 지푸라기라도 잡아야 한다.

"송정한 의원에게 정경유착을 뒤집어씌우는 겁니다."

"그게 가능합니까?"

당장 정경유착을 한 건 자신들이지 송정한이 아니다.

애초에 송정한은 가장 친한 기업인 대룡의 정치자금도 거절한 놈이다. 그런데 정경유착?

"중요한 건 그게 아니죠. 송정한과 노형진은 각별한 사이고 노형진은 마이스터와 미다스의 대리인입니다. 즉, 그들과 엮어서, 국가의 경제권이 마이스터에 넘어간다는 내용으로 언론과 정치 플레이를 하는 겁니다."

"흠…… 자세하게 말해 봐요."

"마이스터는 한국 정치에서 중립을 지키고 있습니다. 하지만 완벽한 정치적 중립을 지키는 건 아닙니다."

당장 최근에 벌어진 국방부의 하급 장교 문제도 그랬다.

송정한에게 기회를 줘서, 송정한이 유리한 지지율로 시작할 수 있게끔 조치했다.

물론 그건 어디까지나 송정한이 의뢰인이기 때문에 그런

것이지만 말이다.

"우리는 그걸 이용하는 겁니다. 송정한이 국가 외부 세력과 손잡고 부를 넘기려고 한다."

"부를 넘긴다?"

"네. 사실 그런 일이 있었잖습니까?"

검은 머리 외국인들이 한국의 부를 쪽쪽 빨아먹는 거야 딱히 비밀도, 드문 일도 아니다.

당장 국회의원부터 재벌가까지, 그런 짓을 하지 않는 놈들이 없다.

"우리도 그런 프레임을 뒤집어씌우는 겁니다."

"오호?"

"물론 송정한과 마이스터가 그런 짓을 하는지 안 하는지는 중요한 게 아니죠."

중요한 건 실제로 송정한과 마이스터가 긴밀한 관계를 맺고 있으며, 외부적으로 봤을 때 충분히 그런 의심을 받을 수 있는 사이라는 거다.

"그리고 마이스터와 노형진의 스타일을 보면 그런 합리적인 의심에 대한 보복은 하지 않습니다."

"그러니까 경제를 해외에 넘기려 하는 매국노 프레임으로 가자?"

"네."

"좋은 생각입니다."

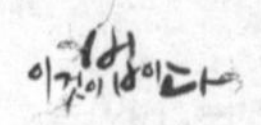

흡족해진 안주원의 얼굴에 저절로 미소가 떠올랐다.

"당장 계획 짜서 가져와 봐요. 우리도 한번 대통령이 되어 봅시다!"

그렇게 외치는 안주원은 벌써부터 대통령이 된 기분이었다.

⚖

속설이라는 게 있다. 그리고 그 속설은 괜히 생기는 게 아니다.

노형진은 그렇게 생각한다.

누군가는 편견이 나쁘다고 하지만 애초에 어떤 편견은 사실을 기반으로 만들어지기도 한다.

"예를 들어 그런 거죠. 모든 국민은 자기 수준에 맞는 정치인을 가진다."

"그건 편견이기는 하군요."

로버트는 그렇게 말하면서 고개를 끄덕거렸다.

왜냐하면 그런 말을 하는 사람들은 독재국가가 얼마나 지독한지 겪어 보지 못했기 때문이다.

모든 국민이 천재라 해도, 독재국가가 되면 단 한 명이 그 모든 천재를 학살하게 된다.

"맞습니다. 이게 다 맞는 건 아니죠."

예를 들어 영국이나 일본같이 총리제 국가인 경우 그 총리를 뽑는 건 국민이 아니라 국회의원이다.

그렇다 보니 잘하는 놈을 국회의원으로 뽑아 놔도 그 후에 그놈들이 이권에 눈이 멀어 병신을 총리로 뽑아 버리면 나라에 망조가 든다.

"그런데 최소한 민주주의국가에서는 아예 틀린 말도 아니란 말이죠."

노형진은 신문을 보면서 시큰둥하게 말했다.

마이스터의 속국이 되는 대한민국

송정한 마이스터의 정경유착

미다스, 그의 목적은 대한민국의 지배인가?

"이런 게 먹히는 것도 사실이고요."

"선을 너무 과하게 넘는데요?"

로버트는 기분 나쁘다는 듯 말했다.

그도 그럴 게 그간 마이스터의 입장은 단호했으니까.

"대한민국에 도움을 주려고 했지만 딱히 선거에 끼어들려고 하지는 않았잖습니까?"

"그건 그렇죠."

솔직히 노형진과 마이스터가 작심하고 대한민국 선거에 끼어들면 지지율을 뒤집어엎는 건 어려운 일이 아니다.

"그렇다고 또 저게 완전히 틀린 말은 아니에요."

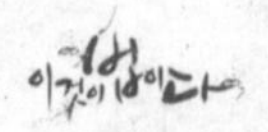

노형진은 싱글벙글 웃으며 말했다.

저쪽에서 무슨 목적을 가지고 이런 뉴스를 스물네 시간 떠들어 대는지 알고 있다. 그랬기에 딱히 화가 나지도 않았다.

"우리가 이 정도 이야기는 건드리지 않는다는 걸 알기 때문에 이러는 걸 겁니다."

"알고 있습니다."

"어떻게 하시겠습니까? 이거, 우리를 선거판에 이용해 먹겠다는 것 같은데요."

로버트는 기분 나쁘다는 투로 말했다.

"막말로 정경유착이 없는 나라가 어디 있습니까? 미국만 해도 대기업이 선거에 끼어드는 판국에."

물론 기업 차원에서 누구에게 표를 주라고 선동하지는 않는다.

하지만 특정 정치인에게 막대한 정치자금을 주거나, 회장쯤 되는 사람이 개인 SNS에 '나는 개인적으로 누구를 지지합니다.'라고 발표하는 것 자체가 선거 개입이다.

정경유착과 개인의 의견 표현의 경계는 아주 미묘하다.

애초에 인플루언서나 재벌가는 아무리 개인적 의견이라 해도 사회에 영향을 주지 않을 수가 없기 때문이다.

"화 안 나십니까?"

"그냥 재롱이 웃겨서요."

"웃을 상황이 아닙니다. 실제로 분위기가 안 좋습니다."

"아 다르고 어 다른 거니까요."

송정한이 마이스터의 전폭적인 지지를 받고 있다는 말과 송정한이 마이스터와 정경유착을 하고 있다는 말은 사실상 같은 의미다. 그저 단어가 다를 뿐이다.

그런데 국민들이 특정 단어에서 거부감을 느껴 송정한에 대한 적대적인 분위기가 조성되고 있다.

"한국인의 자존심을 건드린 것도 있고, 또 고질적인 정경유착 문제를 건드린 것도 있고."

노형진은 피식 웃었다.

"안주원 의원 방식은 아니고 누군가 똑똑한 사람이 계획한 것 같은데, 아무래도 조기장 의원인 것 같군요."

사실 조금만 정치계를 들여다보면 조기장이 안주원의 지낭이라는 사실을 모를 수가 없다. 그러니 생각나는 건 딱 그 사람뿐이다.

"어떻게 하시겠습니까? 방치하시겠습니까?"

아마 그들은 그걸 원할 거다.

실제로 노형진은 사건과 관련된 게 아니라면 어지간해서는 국민의 선택에 결과를 맡기기로 했다.

"글쎄요. 좀 짜증이 나는군요."

하지만 그건 자신이 선거에 개입하지 않겠다는 뜻이지 자신을 건드리는 놈들을 그냥 두고 보겠다는 뜻은 아니다.

"우리가 아무 말 하지 않을 거라 생각해서 이렇게 나온다……."

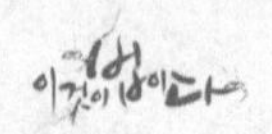

"우리가 무슨 반응을 하든 답은 이미 나와 있는 거 아닙니까?"

"그건 그렇죠."

로버트의 말대로 자신들이 무슨 행동을 하든 답은 나와 있다.

적극적으로 부정한다?

그러면 자신들이 거짓말한다고 주장하면서 송정한을 공격할 거다.

그렇다고 침묵을 지킨다?

그러면 거봐라, 진짜니까 아무 말도 못 하는 거 아니냐고 공격할 거다.

그리고 '우리가 친한 건 사실이지만 정치적 목적은 없습니다.'라고 밝힌다?

그러면 봐라, 결국 정경유착이 맞지 않냐고 할 거다.

"현 상황에서 우리를 이용해서 뭔가 하고 싶은 모양인데, 기분이 나쁘기는 하네요."

"지난번처럼 한국에서 철수하는 그림을 한번 뽑아 볼까요?"

"힘들죠. 그리고 그때도 그랬잖습니까, 그건 한 번은 쓸 수 있어도 두 번은 못 쓴다고."

그렇게 말한 노형진은 미간을 찡그렸다.

"그리고 한국인들의 기질을 너무 만만하게 보지 마세요. 만일 우리가 나간다고 하면 진짜 나가라고 할 겁니다. 한국인들은 압력에 굴하는 타입이 아닙니다."

"하긴."

일본에서 단교 수준으로 한국과 관계를 끊어 버린다고 위협했을 때 한국 국민들의 대응은 '할 테면 해 봐라.' 수준이었다.

"지난번에 한국이 뒤집어진 건 잘못한 게 자신들, 아니 한국 정치인들이기 때문입니다."

자국의 병신 같은 정치인들 때문에 자기들이 왜 피해를 봐야 하느냐는 느낌이었기에 그 당시에는 먹혔던 것.

"하지만 이번에 우리가 나간다고 하면 사실상 안주원의 말대로 되는 거죠."

―봐라, 마이스터는 어떻게 해서든 한국을 지배하려고 한다.

그 말이 사실이 될 테고, 그렇게 되면 송정한은 적대적인 여론과 마주해야 할 거다.

"그러면 어떻게 할까요?"

"글쎄요."

노형진은 고민에 빠졌다.

바로 결단을 내릴 줄 알았던 로버트는 그런 노형진의 모습이 의외라는 듯 바라보았다.

"설마 가만히 계실 겁니까?"

"아니요. 그럴 생각은 없습니다."

노형진은 이번 선거에 개입할 생각이 없었다.

하지만 그것과 별개로 저들에 의해 강제로 개입하게 된 상

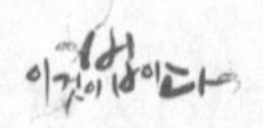

황에서, 저들이 원하는 대로 끌려가서 모든 걸 가져다 바칠 생각도 없었다.

"시간이 문제군요."

"시간이 문제라고요?"

"대통령 선거기간은 길지 않으니까요."

대통령 선거기간은 23일.

그 기간 동안 극적으로 변동을 일으킬 만한 마땅한 방법이 없었다.

"제3의눈에 있는 안주원에 관련된 정보를 몇 개 풀까요? 심각한 약점도 여럿 있는데."

로버트의 말에 노형진은 고개를 흔들었다.

"아니요. 지금은 안 됩니다."

"네? 어째서요?"

"공격할 타이밍이 아니에요."

안주원이 그리했듯 부정적인 감정을 이용하는 건 물론 빠르고 쉽다.

자기 지지율을 높이는 건 어렵지만 남의 지지율을 낮추는 건 네거티브 몇 마디면 되는 일이니까.

그래서 한국은 선거철이 되면 네거티브가 판치는 거다.

자기들에게는 비전도 없고 미래도 없고 욕심만 가득한데 딱히 지지율을 올릴 방법은 없다 보니 그저 남을 헐뜯는 거다.

"문제는 지금 상황에서 네거티브는 독이라는 거죠."

현재 송정한은 네거티브 없이 순수하게 정책 대결을 주장하면서 정책을 발표하고 있다.

그렇다고 해서 네거티브를 하지 않는 건 아니다.

정확하게는 강용안과 안주원이 서로를 신나게 물어뜯는 사이 가만히 앉아서 고고한 척하고 있는 송정한에게, 지칠 대로 지쳐 두 집단에서 떠난 국민들이 온 것이다.

"그런데 지금 네거티브를 하게 되면 결국 비슷한 수준으로 떨어지게 됩니다."

"끄응……."

"그렇다고 우리가 외부로 조용히 흘린다고 해도 문제입니다."

이미 밖으로 흘러 나가서 죄다 떠드는데 정치인이 그걸 모른 척한다?

그러면 역으로 이쪽도 부패한 놈이라 보고도 못 본 척하고 있다는 소리가 나올 가능성이 아주 크다.

"그러니까 우리는 네거티브를 하면 안 됩니다. 필요한 순간에는 해야겠지만, 일단 지금은 아니에요."

"하지만 그러면 단시간 내에 승부수를 띄울 만한 방법이 없지 않습니까?"

이제 와서 갑자기 송정한과 무슨 협상을 통해 경제 투자를 하는 것도 불가능하다.

그렇게 빨리 진행되는 일도 아니거니와, 설사 지금부터 한다 해도 그게 영향을 미칠 정도로 퍼지기에는 시간이 부족하니까.

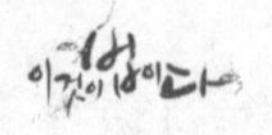

"압니다. 그리고 송정한 의원은 대통령 후보지 대통령이 아닙니다. 그런데 이 상황에서 송정한 의원과 뭔가 거국적인 일을 하는 건 도리어 그림이 이상해요."

"하긴, 그것도 그러네요."

그거야말로 대놓고 마이스터와 송정한이 정경유착 중이라는 가장 강력한 증거인 셈 아닌가?

"그러면 방법이 없습니까?"

로버트는 떨떠름하게 말했다.

자기들을 이용해서 선거에서 이기려고 하는 것은 기분 나쁜 일이다.

심지어 그들의 말에 따르면 자기들은 악의 축 같은 존재로 묘사되고 있다.

"이걸 그냥 두면 개나 소나 우리를 건드릴 겁니다."

"알고 있습니다."

그 말에 노형진은 고개를 끄덕거렸다.

"그러니 이번에는 새롭게 방법을 찾아서 공격해 봐야지요."

"하지만 어떻게요?"

"흠……."

노형진은 잠시 고민하더니 미소를 지었다.

"간단합니다. 우리가 숙이고 들어가면 됩니다."

"우리가 숙이고 들어가면 된다고요?"

"네."

"아니, 안주원에게 숙이자는 말씀입니까?"

"그럴 리가요."

일단 안주원은 이쪽에서 고개를 숙일 급도 안 될뿐더러, 결정적으로 이쪽에서 숙인다고 해서 네거티브를 멈출 놈도 아니다.

"제가 말씀드렸잖습니까? 정경유착과 개인 의견은 결국 한 끗 차이라고."

노형진은 씩 웃으며 말했다.

"인간은 말입니다, 참 재미있어요. 면전에서 못 할 말을 뒤에서는 너무 쉽게 씨불이거든요."

"음……."

"그러니까 안주원이 과연 면전에서 씨불일 수 있을지 한번 두고 보도록 하죠, 후후후."

⚖

얼마 후 한국은 긴급 속보로 발칵 뒤집어졌다.

미다스, 한국에 긴급 방문

한국 방문한 미다스, 과연 그의 속셈은?

미다스의 한국 방문. 한국을 향하는 검은 손길

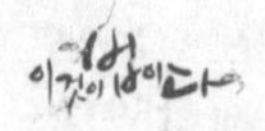

미다스와 마이스터의 주요 임원이 한국에 방문한다.

이건 생각지도 못한 날벼락이었다.

그리고 언론은 그걸 신나게 물어뜯었다.

“이건 기회야!”

안주원의 얼굴에는 화색이 돌았다.

그도 그럴 게 이 상황에서 미다스와 마이스터의 대리인이 한국에 오는 것은 오로지 단 하나를 의미하기 때문이다.

“송정한을 만나러 오는 거겠지?”

“그럴 겁니다. 아무래도 자기들 텃밭이 날아가게 생겼으니 쫄리겠죠.”

안주원의 말에 조기장 역시 고개를 끄덕거렸다.

그렇잖아도 자신의 계책이 맞아떨어지면서 송정한의 지지율이 떨어지자 그는 행복한 비명을 지르고 있었다.

실제로 4% 정도 밀리고 있던 지지율은 현재 오차 범위 내로 들어갈 정도가 되었고, 조금만 더 노력하면 뒤집을 수 있는 수준으로 따라잡을 듯했다.

‘그래, 이게 성공하면……!’

이번 일이 성공해서 안주원이 대통령이 되면 자신이 국무총리를 할 수 있다.

그리고 그 이후에는 자신이 대선에 도전할 수 있다. 아니, 대통령이 될 수 있다.

그런 생각에 조기장의 입가에는 저절로 미소가 떠올랐다.

"그래서 송정한 의원 측은 어떤 상황이야?"

선거라지만 사실상 전쟁.

홍안수가 자유신민당이 심은 스파이였던 것처럼, 당연히 안주원도 송정한 측에 스파이를 심어 놨다.

주요 정보까지 접근할 수 있는 능력을 가진 스파이는 아니지만 최소한 내부의 분위기를 읽을 정도는 되는 위치였다.

"당황해서 어쩔 줄 몰라 한답니다."

"그러겠지, 후후후. 뭔 짓을 해도 내 말을 부정을 못 할 테니까. 멍청한 놈. 그러니까 언론부터 손아귀에 넣었어야지."

언론만 손에 넣으면 한국에서 정치인은 두려울 게 없다.

뇌물을 받아도, 사람을 죽여도 언론에서 다 덮어 주기 때문이다.

하지만 송정한은 그런 언론을 개혁하겠다고 했으니 자폭한 것이나 다름없었다.

"이제 일이 제법 잘 굴러가. 조 의원, 내 약속대로 자네에게 국무총리 자리를 주도록 하지."

"감사합니다, 후보님. 아니, 각하!"

"각하라…… 하하하! 그래, 각하. 나한테 그것만큼 어울리는 말이 어디 있겠어?"

안주원은 이미 대통령이 된 것처럼 크게 웃었다.

"마이스터가 어디에 묵는다고?"

"서울에 있는 가야호텔에 묵는답니다. 실제로 가야호텔을

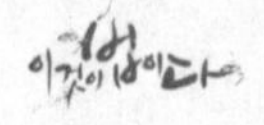

통째로 빌렸습니다."

"확실한 거지?"

"네. 이미 가야호텔을 전부 빌린 지 오래되었습니다. 방마다 보안 팀이 검색을 다 했답니다."

"부럽군. 나도 그 정도 돈이 있으면 얼마나 좋을까?"

가야호텔은 한국에서 가장 큰 호텔 중 하나다. 그걸 내한 기간 동안 빌리는 데에만 수십억이 들 거다.

더군다나 그 가야호텔에 미리 예약한 사람들이 있었을 테니 그들에게도 합당한 보상을 해야 했을 거다.

그런데도 계획대로 가야호텔을 전부 빌릴 만큼의 부가 있다는 것이 안주원은 부럽기만 했다.

'조금만 참자. 내가 대통령이 되면 불가능한 일은 아니야.'

그는 그렇게 자신을 다독이며 이참에 송정한을 아예 걸레짝을 만들 생각도 했다.

그런데 상황이 이상하게 굴러가기 시작했다.

그렇게 즐겁게 회의를 마쳐 가는 시점에, 갑자기 당직자 한 명이 당혹스러운 얼굴로 들어왔기 때문이다.

"안 후보님."

"오, 그래? 무슨 일인가? 뭔가 좋은 소식이 있나?"

"마이스터에서 연락이 왔습니다."

"마이스터에서?"

"네."

"왜?"

안주원은 고개를 갸웃했다. 이건 전혀 생각하지 못한 상황이니까.

"만나잡니다."

"뭐?"

"미다스가 만나잡니다."

"누굴?"

너무 황당해서 안주원은 순간 이해하지 못하고 되물었다.

그러자 답답하다는 듯 당직자가 가슴을 두들기며 말했다.

"누구겠습니까. 안주원 후보님이지요."

"날?"

"네."

"아니…… 왜?"

"저야 모르죠."

그 말에 안주원은 당혹감에 고개를 돌려서 조기장을 바라보았다.

그리고 똑똑한 조기장의 얼굴은 사색이 되었다.

"조 의원, 이거 뭐야? 어떤 상황인 거야?"

"조…… 좋은 상황은 아닙니다."

얼마 전까지만 해도 저쪽에서 만나자고 먼저 다가왔다면 환호했을 거다.

아니, 이쪽에서 먼저 연락해서 만나 달라고 읍소했을 거다.

하지만 지금은 아니다.

자신들이 미다스와 마이스터를 악의 축으로 표현해 놨으니까.

그런데 미다스가 안주원과 만나기를 원한다?

"아니, 뭔……."

보통 자존심 강한 부자들은 이런 상황에서 강하게 항의하거나 언론을 통해 공식적으로 대응하기 마련이다.

그런데 그러지 않고 안주원과의 만남을 원한다니.

"뭔 생각을 하는 거지?"

"그, 그게……."

미다스라는 사람은 전 세계의 관심을 받는 존재다. 그렇기에 어떻게 해서든 만나고자 하는 사람이 넘쳐 난다.

하지만 미다스는 심각한 대인 기피증을 가지고 있어서 사람을 만나는 것을 꺼린다고 했다.

그런데 자신을 만나고자 한다?

"아니, 이거 만나기는 해야 하는 거야?"

"좋은 선택은 아닙니다."

조기장은 직감적으로 함정이라는 걸 알아차렸다. 그랬기에 안주원을 말렸다.

"좋은 선택이 아니라면, 만나지 말라는 거야?"

"네. 선거 중입니다. 그리고 우리가 한 말이 있지 않습니까? 그런데 지금 미다스를 만나면 그림이 이상해집니다. 거절해야 합니다."

조기장의 말에 안주원이 고민하는 찰나, 다른 의원이 갑자기 목소리를 높였다.

"조 의원, 그거 책임질 수 있는 발언이야?"

"네?"

"아니, 그렇잖아. 상대방은 미다스야. 세계경제를 지배하는 인간이라고. 중동처럼 기름 팔아서 돈 버는 것도 아닌데 경제를 두 손으로 주물럭거리는 괴물이야. 코델09바이러스로 다 망해 나가는 와중에도 막대한 돈을 번 게 그 괴물인데, 요청을 거절했다가 경제적 보복이라도 당하면? 그거 당신이 책임질 거야?"

"아니, 그건……."

그 말에 조기장은 말문이 막혔다.

하지만 이내 애써 자신의 생각을 정리해서 이야기했다.

"그건 그렇습니다만, 지금은 아닙니다. 그리고 미다스는 한국에 관심이 많습니다. 그간 그가 한 행동들을 보면 한국에 나쁜 짓을 하지는 않을 겁니다."

"그거야 당신 생각이고. 그 미다스라는 인간, 대인 기피증이라며? 그래서 사실상 노형진이라는 그놈이 컨트롤한다면서?"

"그거야…… 그런데……."

"그런데 이번에는 노형진이 아니라 미다스가 직접 오는 거잖아? 노형진 선에서 커트 못 하면? 그때는?"

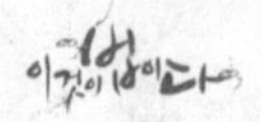

"그게……."

그 말에 조기장의 눈동자가 흔들렸다.

그러자 다른 의원들도 조기장을 물어뜯기 시작했다.

"하삼도 의원 말이 맞습니다, 조 의원. 미다스가 한국에 관심을 꺼 버리면 어쩔 겁니까?"

"맞아요. 자칫 우리와 손절하고 일본이나 중국으로 가면 어쩔 거냐고요!"

"그게……."

사방에서 공격이 들어오자 조기장은 어쩔 줄 몰라 했다.

하지만 이내 마음을 독하게 먹고 반박했다.

"그럴 일은 없습니다. 미다스는 한국에 막대한 투자를 했습니다."

"허? 지금 러시아에서 미다스가 손절치는 거 못 봤어? 그간 투자한 거 싹 다 털고 나가는 거 못 봤냐고!"

"그거야……."

실제로 러시아에 막대한 투자를 한 미다스와 마이스터였지만 정치적 문제로 충돌한 후에 모든 투자금을 회수했다.

'그러고 보니…….'

미다스가 한국에 각별한 관심을 가지고 있는 건 사실이지만 그렇다고 해서 영원히 지켜 줄 거라는 보장은 없었다.

"안 의원님, 미다스는 지난번 사태로 인해 상당히 기분 나쁠 수도 있습니다. 만나서 오해를 풀어야 합니다."

"기분 나쁘다고? 그렇다고 날 만나러 와? 노형진이라는 대리인이 있는데?"

"노형진이 친송정한 성향이라는 걸 미다스가 모를 리가 없지 않습니까?"

"하긴, 그건 그런데……."

"그리고 장기적으로 보면 미다스와 선을 만들 수 있는 기회일지도 모릅니다."

하삼도 의원 일파는 이번 기회에 미다스를 만나야 한다고 안주원을 설득하기 시작했다.

그러자 조기장은 목소리를 높였다.

"절대 안 됩니다! 이건 함정일 가능성이 높습니다."

"무슨 함정?"

"그게……."

어떤 함정인지 알면 이미 말했겠지!

그리고 조기장은 안다, 이 상황에서 이런이런 함정이라고 말해도, 결국 하삼도 의원 일파는 증거를 내놓으라고 말할 거라는 것을.

"하 의원! 이건 위험한 겁니다. 우리 미래가 걸려 있어요!"

"아니, 그러니까 증거를 내놓으라고요. 조 의원 말대로 미다스의 요청을 거절하고 만나지 않았다고 칩시다. 그랬다가 미다스가 분노하면 어쩔 건데요?"

"……."

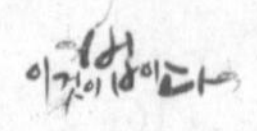

"미다스가 누구한테 감히 무시당할 사람입니까? 그는 원하면 미국 대통령도 얼마든지 만날 수 있는 사람이에요. 지금 미국의 의료 시스템을 미다스가 얼마나 처먹었는지 알아요? 아프가니스탄은 또 어떻고요?"

"……."

"막말로 미다스가 미국 대통령과 만나서 우리가 좆같은 새끼라고 한마디만 해도 우리 입장이 곤란해지는 거 몰라요?"

"……."

하삼도 일당의 말에 조기장은 애써 목소리를 높였다.

"함정이라니까요, 함정!"

"니미랄. 야! 그러니까 함정이면 뭐 어쩔 거냐? 피할 방법 있어? 내일 아침 조간신문에 '안주원 의원, 미다스와 마이스터 개무시' 뭐 이딴 뉴스가 나가면? 그에 대한 책임은 네가 질 거야?"

"……."

그 말에 조기장은 침을 꿀꺽 삼켰다.

물론 언론에서 그런 천박한 문장을 쓰지는 않겠지만 일단 이쪽에서 만남을 거절해서 창피를 줬다면 그다음부터는 미다스가 뭔 짓을 하든 이쪽 잘못이 된다.

"더군다나 지난번에도 한번 그 지랄 난 거 몰라?"

실제로 미다스를 이용해 먹으려던 국회의원 때문에 그가 불편한 기색을 내비친 적이 있었다.

물론 이번에는 그들의 허용 범위 선에서 이용한 것이긴 하지만, 자칫 호의를 거절해서 기분 상하게 하는 건 또 다른 문제다.

"역시 한번 가 보기는 해야겠군."

상대방이 상대방이기에 안주원의 선택지는 결국 정해진 거나 마찬가지였다.

그리고 그 말에 조기장은 불안감을 감추지 못하고 손을 부들부들 떨어야 했다.

'내 미래가…….'

그는 자신의 미래가 어두워지고 있다는 걸 직감적으로 느낄 수 있었다.

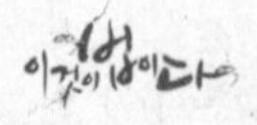

피할 수 없는 함정

가야호텔은 사람들로 꽉 차 있었다. 하지만 그중에서 손님은 한 줌도 되지 않았다.

정확하게는, 손님이지만 손님이 아니었다.

전 세계에서 몰려든 경호원들.

그들은 단 한 곳, 미다스가 묵고 있는 최상층 방을 지키기 위해 고용된 사람들이었다.

대한민국 정부의 특별 허가를 얻어서 총기를 든 그들은 눈을 부라리면서 들어오고 나가는 사람들 하나하나를 살폈다.

"어떻게 아셨습니까?"

그리고 그 방, 노형진은 미리 준비되는 상황을 점검하다가 로버트의 말에 고개를 돌려 그를 바라보았다.

"어떤 거 말입니까?"

"안주원이 올 거라는 거 말입니다."

"아, 그거요?"

"네. 그 조기장이라는 국회의원 엄청 똑똑하던데요? 조사해 보니까 차기 국무총리감이라는 소리도 있고."

"하하하, 맞습니다. 차기 국무총리감이죠."

솔직히 부패와 욕심 문제를 빼고 오로지 능력만 보면 국무총리를 넘어서 대통령감으로 생각해도 될 만큼 능력 있는 사람은 많다.

"하지만 좋은 사람은 아니죠."

노형진은 능력이 있다고 해서 다 쓰지는 않는다. 특히 정치인은 더더욱 그렇다.

왜냐하면 능력 있는데 부패한 정치인은 그 능력을 나라가 아닌 자신을 위해 쓰기 때문이다.

"사실 제 입장에서는 가장 제거하고 싶은 대상이죠."

"제 질문은 그게 아닙니다. 그가 막지 않았다는 게 이상하다는 거죠."

조기장은 멍청이가 아니다. 그의 능력이면 충분히 안주원이 미다스와 만나지 못하게 할 수 있었을 거다.

그런데 안주원은 만나겠다고 했다. 그게 이해가 되지 않는다는 거다.

"조기장은 차기 국무총리감입니다. 아마도요. 그렇다면 다른 사람들이 그런 그를 시기하지 않을까요? 더군다나 이번에 안주원이 이기면 명실상부 최대의 공적을 쓸어 가는데?"

"아하!"

"정치인들은 말입니다, 남이 잘되는 꼴은 못 봅니다. 특히나 정적인 경우에는 말이죠. 거기에 능력까지 있다? 눈깔 돌아가죠."

능력이 없다면 날려 버릴 기회가 생길지도 모른다.

하지만 능력이 있다? 그러면 상대적으로 날려 버릴 기회가 적다.

"그러면 보통 그가 더 성장하기 전에 밟아 버립니다. 그런데 이번에는 핑계도 적당하죠."

미다스가 왔다. 그리고 만나기를 희망한다.

사실상 공개적으로 만남을 청한 상황에서 그걸 거절하는 게 과연 쉬울까?

"가능할 리가 없죠."

다른 파벌은 물고 늘어질 테고, 당연히 두 집단의 싸움이 벌어진다.

"그러면 둘 중 하나죠."

조기장이 속한 집단이 이긴다면 안주원은 미다스를 만나러 오지 않을 거다. 하지만 조기장이 속한 집단이 패배한다면, 당연히 안주원은 만나러 올 거다.

"그런데 유능한 사람이 속한 집단은 의외로 숫자가 적거든요."

"어째서요?"

"기업이 아니니까요."

기업은 유능한 사람이 이끌어서 성장할수록 회사와 투자자 모두가 이득을 보는 구조다.

하지만 정치는 아니다. 철저하게 승자 독식 구조다.

유능한 사람이 대통령이 될 수는 있지만 그 아래에 있는 사람은 드러나지 않아서, 결과적으로 추후 정치판에서 존재감을 드러내지 못한다.

"대통령 선거에서는 그런 경우가 많죠. 그렇다 보니 정치판에서는 가능하면 비슷한 놈들끼리 뭉칩니다."

"그래서 조기장 의원이 질 수밖에 없는 거군요."

"네."

그리고 안주원 입장에서도 중요한 건 조기장이 아니라 다수의 지지 세력이다.

"너무 큰 놈은 자기를 잡아먹을 수도 있다고 생각하거든요."

"자기네 파벌인데도요?"

"정치판에서는 영원한 자기편은 없습니다. 특히 한국은 더더욱 그렇습니다."

같은 정당 소속이라고 해도 그렇다.

실제로 같은 정당 소속이라고 해도 대통령이 된 후 자신의 지지율을 높일 수단으로 전임 대통령을 감방에 보내 버리는 일은 흔하다 못해 일상인 게 한국이다.

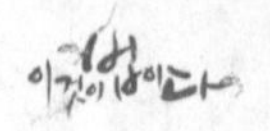

"권력자 입장에서는 차라리 병신이 뒤를 이어서 자신을 건드리지 못하게 만드는 게 더 유리합니다."

"끄응."

그 말에 로버트는 고개를 절레절레 흔들었다.

정치판에 대해 모르는 바는 아니지만 한국의 정치판은 비틀려도 너무 비틀렸으니까.

"중요한 건 그거죠, 결국 올 거라는 거."

"만약 안 왔으면요?"

"뭐, 그랬으면 다른 방법을 쓰면 되는 거였습니다."

다른 방법이 없는 건 아니었다. 다만 오기로 한 이상 의미가 없어진 것뿐.

"모든 준비가 끝난 것 같군요."

그다음 순간 로버트의 핸드폰이 울렸다.

전화를 받은 로버트 역시 고개를 끄덕거렸다.

"1층에 도착했답니다."

"자, 그러면 선물을 드려야겠네요, 후후후."

⚖

안주원은 옆에 있는 하삼도를 보며 약간 불안해졌다.

'조기장을 데려올 걸 그랬나?'

하삼도는 자신에 대한 충성심은 나무랄 데 없지만 좀 멍청하니까.

하지만 이내 안주원은 고개를 흔들었다.

'아니야. 멍청한 놈이 낫지.'

조기장은 너무 똑똑하다. 그랬기에 자신이 컨트롤하지 못하게 될 가능성이 크다.

말로야 국무총리 자리를 준다 했지만 사실 그건 위험한 선택이었다.

누가 봐도 대선을 노리는 모양새고, 향후 지지율을 위해 자신을 잡아먹을 가능성이 높으니까.

조조가 순욱에게 빈 도시락을 보낸 이유가 뭔가?

너무 능력이 좋아서 자신의 내심마저도 읽어 내기에 두려웠기 때문이다.

"너무 걱정하지 마십시오, 후보님. 별일 없을 겁니다."

"그런데 왜 나를 부른 걸까요?"

"글쎄요. 미래에 대한 건실한 이야기를 나누고 싶어서가 아니겠습니까?"

'멍청하긴.'

미국 대통령이 만나고 싶다고 해도 대인 기피증을 이유로 거부하는 미다스가, 한국의 대통령도 아닌 대통령 후보를 그런 이유로 만나겠는가?

'어쩔 수 없지.'

하지만 그럼에도 만나야 했다.

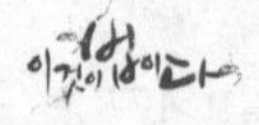

"잠시 검문이 있겠습니다."

역시나 미다스답다고 할까?

접근한 보안 요원은 꼼꼼히 하나하나 검사했다. 그러고는 작은 바구니 하나를 건넸다.

"핸드폰은 제출하여 주시기 바랍니다."

"어허! 이분이 누군 줄 알고!"

그 말에 하삼도가 발끈하며 가로막았다.

하지만 경호원은 단호했다.

"핸드폰을 제출하여 주시기 바랍니다."

"이놈의 새끼가! 야! 이분이 누군지 알아? 어? 너 뒈지고 싶어?"

"저는 미합중국의 시민입니다. 저한테 킬러라도 보내겠다는 겁니까?"

검은 머리의 남자가 무섭게 말하자 하삼도는 그 말에 쿨럭거리면서 기침을 했다.

검은 머리에 누가 봐도 한국인이고 한국말도 잘하기에 힘으로 찍어 누르려고 했더니 미국인이라니.

"이 문제는 마이스터에 정식으로 보고하겠습니다. 핸드폰 제출 바랍니다."

그 말에 안주원은 짜증스러운 얼굴로 하삼도를 바라보았다.

하지만 그렇다고 해서 핸드폰을 진짜로 줄 수는 없다. 왜냐하면 이 안에 들어 있는 연락처와 비밀이 한두 개가 아니니까.

“보안 사항이 많아서 곤란한데. 그러면 누가 여기서 가지고 있으면 안 됩니까?”

“그 정도는 양해해 드리겠습니다.”

“어쩔 수 없군요.”

안주원은 핸드폰을 꺼내서 비서관에게 건넸다.

“박 비서, 이거 가지고 여기 있어. 하 의원도 핸드폰 맡겨 둬요.”

“알겠습니다.”

하삼도 역시 핸드폰을 건넨 뒤 엘리베이터를 타고 천천히 최상층으로 올라갔다.

‘미다스와 만난다.’

세계경제계의 왕이라 불리는 자, 황금을 만들어 내는 자라 불리는 미다스를 만난다는 사실에 안주원은 긴장하지 않을 수가 없었다.

‘그래, 난 할 수 있다. 뭘 하든 어쩔 거야? 나 안주원이야. 미래에 대통령이 될 사람이야!’

그는 그렇게 생각하면서 천천히 VVIP룸으로 향했다.

“반갑습니다. 노형진입니다.”

그리고 안으로 들어가자 몇몇 사람이 보인다.

마이스터와 미다스의 총대리인인 노형진, 그리고 한국에서 그를 보좌하는 로버트 등등.

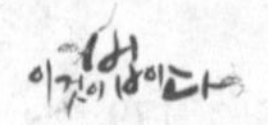

"들어오시죠."

그다지 반갑지 않은 시선으로 안주원을 환영한 노형진.

그런데 안으로 들어가자 생각지도 못한 모습이 보였다.

"뭡니까, 이게?"

"아시겠지만 미다스 씨는 심각한 대인 기피증을 앓고 계십니다. 낯선 사람을 만나면 말을 못 하는 정도가 아니라 과호흡증후군 증상도 일어나기 때문에 양해 바랍니다."

"아무리 그래도 그렇지."

방의 한가운데에 마치 중국 사극에서나 볼 만큼 불투명한 천이 세워져 있고, 그 너머에 실루엣만 희미하게 보이는 사람이 있었다.

'씨팔, 장난하나?'

하지만 그렇다고 화를 낼 수는 없었다.

미다스가 대인 기피증으로 고생하고 있다는 건 익히 알려진 사실이니까.

그저 공식적으로 이야기하지 않았을 뿐이다.

더군다나 과호흡증후군까지 올 정도라면 진짜 심각한 거다.

"앉으시죠."

자리에 앉자 이야기를 시작하는 미다스.

그 목소리는 생각보다 노쇠하게 들렸다.

어림짐작하자면 50대 정도?

하지만 그가 놀란 건 나이 때문이 아니었다.

“이런 모습으로 만나 뵙게 되어 죄송합니다.”

‘여자? 여자였다고?’

세계를 지배하는 황제라 불리는 사람이 여자라는 사실에 안주원은 눈을 크게 떴다.

“크흠.”

놀라서 잠시 아무런 말도 하지 않자 노형진이 불편하다는 듯 헛기침을 했다.

그제야 안주원은 정신을 차리고 고개를 끄덕거렸다.

“아닙니다. 괜찮습니다. 저를 만나기 위해 이렇게 한국까지 와 주셔서 감사합니다.”

“오해가 있는 듯하니 그걸 풀어야 할 것 같아서요.”

“오해라니요?”

“저는 한국을 정경유착으로 지배할 생각이 없습니다.”

아니나 다를까, 그런 이야기가 나오자 안주원은 헛기침을 했다.

“아시겠지만 저희 입장에서는 오해할 수밖에 없습니다. 그간 마이스터와 송정한이 밀접한 관계를 맺은 건 사실이고…….”

안주원은 그렇게 말하다가 불편하다는 듯 바라보는 노형진을 노려보며 말했다.

“저기 있는 노형진 변호사가 친송정한파라는 건 부정할 수 없는 사실이니까요.”

“그렇잖아도 그 부분에 관하여 확인해 봤습니다. 하지만

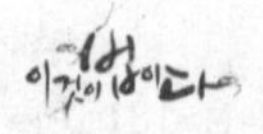

노형진 변호사가 한 업무는 변호사로서 의뢰인에 대한 보호의 영역이지, 별도로 마이스터의 힘을 이용해서 이번 선거에 개입하지는 않았더군요."

"남들은 그렇게 생각하지 않습니다."

"그래서 오해를 풀고자 하는 겁니다."

실제로 노형진이 군부대와 국방부의 하급 장교 사태에 개입했지만 그건 송정한이 그 사태의 해결을 의뢰했기 때문이다.

그리고 그걸 해결한 것도 마이스터나 미다스의 자금력이 아닌 노형진 본인의 능력이었기에 그걸로 뭐라고 할 수는 없었다.

"특별히 원하는 게 있습니까?"

"이번 선거에서 철저하고 엄중하게 중립을 지켜 주시기 바랍니다."

대놓고 돈을 달라고 할 수는 없었던 안주원은 그렇게 말했다.

그리고 그 대답은 생각보다 빨리 돌아왔다.

"저희는 양쪽 다 공정하게 대할 겁니다. 하지만 오해는 풀어야 할 것 같군요."

"그래 주시면 감사하죠."

"그래서 저희가 약간의 선물을 보내 놨습니다."

"선물요?"

"네. 마음에 들었으면 합니다."

그 말에 안주원의 얼굴에 미소가 걸렸다.

'얼마지? 얼마일까? 10억? 20억? 에이, 설마…… 미다스가 고작 그 정도만 줄 리가 없지. 이번에 내한에 쓴 돈만 30억이 넘을 텐데.'

그러나 안주원은 차마 티는 못 내고 애써 헛기침으로 자신의 감정을 감췄다.

"저희 실수를 너그럽게 용서해 주시기 바랍니다."

"그렇게까지 말씀하신다면야."

천하의 미다스가 자신에게 용서를 빌고 있다. 그 사실에 묘한 쾌감을 느끼며 안주원은 미소를 지었다.

그렇게 잠깐의 담소가 이어졌지만 어느 순간 점점 미다스의 호흡이 가빠지기 시작했다.

그리고 잠시 후 천 뒤에서 간호사로 보이는 여자가 나타났다.

"더 이상 이야기가 힘들 것 같습니다."

'그 과호흡인지 뭔지인가 보네.'

안주원은 아쉬움에 입맛을 쩝쩝 다셨다.

"그러면 이만 가 보겠습니다."

하지만 대꾸는 없었다. 대신에 천 뒤에서 허겁지겁 움직이는 간호사들의 모습이 비쳤다.

그 모습을 잠시 보다가 돌아가려고 하는 찰나, 노형진이 안주원에게 다가왔다.

"후회 안 할 겁니까?"

"무슨 후회?"

"지금이라도 반성하면 저는 용서해 드릴 수 있습니다."

"웃기는군."

"저는 두들겨 맞고 그냥 넘어가는 성격이 아니라서요."

"그러니까 나한테 반성하라? 뭘?"

"우리를 이용해서 가짜 사실을 유포하셨잖습니까? 우리를 무슨 악의 제국으로 묘사해 놨던데."

"틀린 말은 아닌데?"

그 말에 안주원은 뻔뻔하게 말했다.

"남의 나라 정치에 개입하는 건 악의 축이 맞지."

"악의 축이라……."

그 말에 노형진은 비웃음을 날렸다.

협상은 결렬되었다.

"좋습니다. 그러면 우리는 악의 축으로 남도록 하죠. 후회하실 겁니다."

"후회하게 해 보든가."

안주원은 당당했다.

그는 노형진을 무시하고 그대로 엘리베이터를 타고 아래로 내려갔다.

그들이 떠나자 천 뒤에 숨어 있던 손채림이 로버트와 함께 모습을 드러냈다.

"이야, 참 뻔뻔하네."

"그 변조기 좀 꺼라. 이상해."

"아, 맞다."

손채림은 변조기를 끄고 나서 몇 번 '아, 아~.' 하면서 목소리를 가다듬더니 피식하고 웃었다.

"지금 함정에 빠진 거 모르는 눈치지?"

"아마 두둑하게 자기 주머니를 채워 줄 거라 생각할걸."

보통 국회의원이 사업가를 만나고 나면 막대한 돈을 지급받는다. 그 사실을 국회의원들은 잘 안다.

"그러니 다른 건 생각지도 못할 거야."

"조기장이라면 알았을까요?"

로버트의 말에 노형진은 고개를 끄덕거렸다.

"아마 조기장이었다면 알아챘을 겁니다. 그리고 받지 말라고 했겠지요."

하지만 조기장은 없었고, 이제 남은 건 선물을 보내는 것뿐이었다.

"선물 발송하죠."

"겁나 마음에 안 들겠네."

"어쩌겠어, 법이 그런데. 후후후."

그날 저녁, 엄청난 선물이 안주원의 선거 사무실로 도착했다.

선물의 정체를 들은 안주원은 기가 막혔다.

"뭐라고?"

"라면이 왔는데요."

"라면? 무슨 라면?"

"화염라면 순한맛요."

"야, 미친 새끼야. 누가 그걸 물어봤어? 대체 누가 그딴 걸 보냈느냐고!"

"그게…… 미다스입니다."

"뭐?"

"미다스와 마이스터에서 라면을 보내 줬습니다."

"화염라면 순한맛을?"

"네."

순간 안주원은 이해가 안 간다는 듯 멍해졌다. 그러다가 홀린 듯 자리에서 일어났다.

"일단 나가 보자."

"네."

밖으로 나가자 사무실에 가득한 라면 박스가 보인다.

"몇 개야?"

"총 천 박스랍니다."

"그러니까 화염라면 순한맛을 천 박스 보냈다고?"

"네."

"장난해? 아니, 누가 그딴 걸 먹는다고!"

"화염라면 순한맛 맛있습니다."

"그 말이 아니잖아!"

멍청한 소리에 어이가 없다는 듯 소리를 지르는 안주원.

"아니, 라면 못 먹어 죽은 귀신이 들렸나?"

심지어 작은 박스도 아니고 마흔 개짜리다. 그러니까 라면만 4만 개라는 뜻.

"뭔 생각인 거야?"

보통 돈을 보낼 때는 두둑하게 현금으로 보내거나 은밀하게 계좌 이체를 해 준다.

자신에게 계좌를 달라고 했다면 차명 계좌를 줬을 거다. 그런데 라면 4만 개라니?

"혹시 라면 박스에 담아서 보낸 건 아닐까요?"

늦게 도착한 하삼도가 혹시나 해서 물었다.

그러나 안주원은 기가 막혔다.

아무리 멍청해도 그렇지, 이렇게나 많은 라면 박스에 대놓고 돈을 넣어서 보낼 리가 없지 않은가?

'그래도 혹시?'

하지만 아무리 생각해도 그거 말고는 이유가 없어 보였다.

"일단 라면 박스 다 뜯어 봐."

"지금요?"

"지금 말고. 라면 다 들어오면 해야지."

아직 사람들이 열심히 라면 박스를 나르고 있는데 그걸 다 뜯는 모습을 보여 줄 수는 없는 노릇.

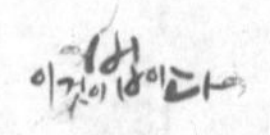

그렇게 라면이 사무실의 계단까지 꽉꽉 차고 나서야 사무실 사람들은 하나씩 라면 박스를 뜯기 시작했다.

"이것도 라면인데?"

"이것도 라면이야."

아무리 열어도 보이는 건 라면뿐.

백 개를 열어도, 이백 개를 열어도 들어 있는 건 오직 라면뿐이었다.

박스를 칠백 개쯤 열고 다들 지쳤을 때 지방에서 선거운동을 하던 조기장이 연락을 받고 다급하게 달려왔다.

"이게…… 뭡니까?"

"뭐긴 뭐야? 라면이지. 지금까지 칠백 개 뜯었는데 다 라면이야."

그 말에 조기장의 얼굴이 사색이 되었다.

"이걸 미다스가 보내 줬다고요?"

"그래."

"함정에 당한 겁니다!"

"무슨 함정? 라면이? 너무 오버하는 거 아닌가?"

열심히 라면을 뜯던 하삼도는 약간 불안한 듯 말했다.

그도 그럴 게, 함정이니 가지 말라고 만류하던 조기장을 내치도록 한 건 자신이니까.

"이거 라면 오는 걸 죄다 봤을 거 아닙니까!"

"그랬지."

다른 곳도 아닌 선거 사무실로 왔다.

앞에 스물네 시간 기자가 가득한 이곳으로.

거기다가 라면 박스가 한두 개도 아니고 무려 천 개다.

수십 명이 땀 뻘뻘 흘려 가면서 나르는 걸 못 봤을 리가 없다.

“그러면 당한 거라고요!”

“당하긴 뭘 당해!”

“누가 우리한테 뇌물 받았다고 하면 어쩔 겁니까?”

“라면이잖아…….”

좆 됨을 감지한 하삼도는 창백하게 대답했다. 그러나 이미 상황은 벌어진 뒤였다.

“누가 알아요! 누가 아냐고요! 라면인지 뇌물인지! 그걸 누가 믿느냐고요!”

그제야 현실을 깨달았는지, 안주원의 얼굴이 창백해지기 시작했다.

“우리는 함정에 빠진 겁니다!”

⚖

당연하게도 라면 소식은 빠르게 퍼지기 시작했다.

안 퍼질 리가 없었다.

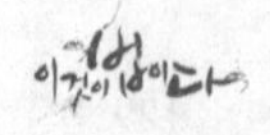

미다스, 안주원 선거 사무실에 화염라면 순한맛 천 박스 기증

이렇게나 재미있는 뉴스를 놓칠 언론이 아니니까.

당연히 그걸 본 사람들은 이상하게 생각했다.

"에헤, 화염라면 순한맛은 선 넘지."

"아니, 화염라면 순한맛이 어때서?"

"그게 라면이냐?"

"야, 그거 겁나 잘 팔……리지는 않지만 먹을 만해."

그렇게 말하며 라면을 변호하던 친구는 순간 욱해서 소리쳤다.

"그리고 지금 중요한 건 그게 아니잖아!"

"그러면 뭐가 중요한데?"

"얀마, 라면 박스 천 개? 진짜 라면만 줬겠냐?"

"돈이라도 들었다는 거야?"

"당연한 거 아냐?"

"설마."

"설마? 지금 너는 미다스가 고작 라면 주러 한국에 왔다고 말하고 싶은 거야? 얀마. 미다스, 한국에서 무려 사흘간 머물면서 오로지 안주원 한 명만 만나고 갔어."

"그건 그렇긴 한데……."

"그런데 고작 라면 천 박스를 보냈다고?"

"음…… 그런가?"

"말이 안 되잖아. 말이 천 박스지, 라면 한 박스에 얼만데?"

"화염라면이 한 박스에…… 2만 원쯤 하나?"

"그래, 2만 원. 그러면 천 박스면 얼마야?"

"2천만 원이지?"

"너 같으면 라면 2천만 원어치를 주겠냐?"

"안 주지?"

상대방은 대통령 후보다.

정치자금 2천만 원도 아니고 라면 2천만 원어치를 준다?

이건 '나 좀 죽여 주세요.' 소리밖에 안 된다.

"더군다나 미다스가 한국에 체류하는 동안 쓴 돈이 30억이 넘는다잖아."

"그랬지. 가야호텔을 통째로 빌리는 것만 해도, 와우."

"그런데 그 돈을 주고 와서, 고작 2천만 원어치 라면 천 박스를 주고 가는 게 상식적으로 말이 된다고 생각하냐?"

"어? 그러게."

친구도 생각해 보니 이상하다 싶어졌다.

아직은 해프닝 수준이고 다들 황당하다는 말을 하고 있어서 그러려니 했는데 생각해 보니 세상에서 돈이 가장 많은, 그래서 도대체 자산이 얼마인지도 모른다는 미다스와 그의 투자 기업인 마이스터가 30억이나 들여서 한국에 와서 한다는 게 고작 국회의원 한 명 만나 라면 천 박스를 보낸 거다.

이건 말이 안 된다.

"분명 돈 받은 거야. 라면은 핑계고."

"헐, 설마. 그럴 리가 없지. 안주원은 얼마 전까지만 해도 송정한과 마이스터가 한국을 집어삼킨다고 온갖 욕을 하던 인간이잖아."

"너 같으면 마이스터가 뇌물 준다는데 거절하겠냐?"

"그걸 왜 굳이 라면으로 줘?"

"라면이야 핑계겠지. 아니면 그중 한 박스에 담아서 줬든가."

"말도 안 되긴 하는데, 이거 영 찝찝하다."

"정치인 새끼들이 그렇지. 안 그래? 그 새끼들이 언제 제대로 깨끗하게 행동한 적 있어?"

처음에는 혀를 끌끌 차던 친구 역시 고개를 끄덕거렸다.

아무리 생각해도 말이 안 되는 상황이었으니까.

"안주원도 결국 송정한이랑 피장파장이라는 건가?"

"더하지, 씨팔. 최소한 송정한은 대놓고 뭐 받은 건 없잖아. 오죽 지랄을 했으면 미다스가 한국까지 와서 돈 주고 가겠냐?"

"하긴, 그것도 그러네."

"도대체 얼마나 받은 거야?"

"글쎄. 라면 한 박스당 얼마나 들어가나 모르겠네."

"설마 그걸 다 현금으로 채웠겠어?"

"아무리 그래도 400억 이상은 받지 않았을까?"

"벌써 수십 년 전에 차떼기로 받은 돈이 250억이다, 국내 기업에서. 물가 상승분에 마이스터랑 미다스라고 하면, 어휴……."

"하긴, 그것도 그러네. 이건 뭐냐? 라면 박스 사태라고 불러야 하나?"

절로 찌푸려진 그들의 눈에 은은한 분노가 떠오르기 시작했다.

⚖

라면 박스 사건은 이제 토픽을 넘어서 정치자금 문제로 번져 갔다.

사실 그렇게 되기까지는 오래 걸리지 않았다.

정치인들의 뇌물 사태야 하루 이틀 일도 아닌 데다 미다스가 '직접' 와서 건넸다는 점에서 문제가 생겼기 때문이다.

당연히 하루도 되지 않아서 뇌물을 받은 거 아니냐는 소리가 나왔고, 아차 싶은 안주원은 다급하게 회의를 소집했다.

"분위기가 안 좋아요. 어떻게 해서든 사건을 덮어야 합니다."

"하지만 방법이 없습니다. 아시겠지만 지금 이 상황에서는……."

"아니, 우리가 라면 받은 거라고 해명해야 하는 거 아닙니까?"

"이미 했죠. 수십 번이나 말했습니다. 하지만 아무도 안 믿어요."

상식적으로 마이스터와 미다스가 라면을 주려고 거금을

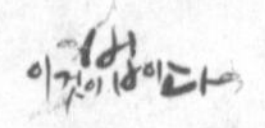

들여 한국까지 왔다는 걸 누가 믿겠는가?

"심지어 당에서도 도대체 얼마나 받았느냐고 자꾸 캐묻고 있습니다."

"이 개 같은……."

그 말에 안주원은 분노를 감출 수가 없었다.

그 말은 미다스에게서 받은 돈을 당에도 나눠 달라는 소리니까.

"도대체 이게 무슨……."

안주원은 기가 막혔다.

결국 라면 박스를 모조리 뜯어 보았지만 그 안에 있는 것은 오로지 라면뿐이었다.

심지어 종류가 다양한 것도 아니었다. 오로지 화염라면 순한맛 하나뿐이었다.

"장난하는 것도 아니고."

"함정에 빠진 거라니까요."

조기장은 긴 한숨을 내쉬며 말했다.

"이렇게 될 걸 알고 있었을 겁니다. 마이스터, 아니 미다스는."

"우리에게 복수하는 거다 이건가?"

"그렇겠지요."

"복수 안 한다면서!"

그 말에 조기장은 쓰게 웃었다.

확실히 정치적으로 보복하지는 않았다. 그저 '라면만 줬을 뿐'.

"우리가 실수한 것 같습니다. 어설프게 건드리는 게 아니었는데."

"이제 와서 너, 너, 너……."

당장 수백억, 아니 수천억 뇌물 수수의 대상자가 된 안주원은 손이 부들부들 떨릴 수밖에 없었다.

"당장 어떻게, 변명이라도 해 보란 말이야!"

"노력은 하고 있습니다. 하지만 애초에 라면 박스를 그렇게 미친 듯이 나르는 걸 봤으니……."

라면 박스 사이에 돈 박스가 몇 개쯤 섞여 있었다 해도 외부에서는 알 수가 없다.

"미치겠네."

그 말에 안주원은 손이 바들바들 떨렸다.

거의 다 따라잡았다. 송정한에게 뭐라도 뒤집어씌울 수 있다면 승리자는 자신이었을 것이다.

그런데 자신이 망하다니.

"오해라고 이야기하세요. 그리고 들어온 라면들은 모두 기증하세요. 어차피 우리가 먹을 것도 아니지 않습니까?"

"그건 그렇습니다만."

그러나 불행히도 다들 곤혹스러움에 대응책을 내놓지 못하는 그때, 노형진은 그들에게 카운터를 날리고 있었다.

"후보님! 지금 마이스터에서 공식 발표가 나왔습니다."

"공식 발표?"

"여기 보시면……."

다급하게 뉴스를 틀어 주는 당직자.

그의 말대로 화면 속에서는 노형진이 공식 발표를 하고 있었다.

—저희가 라면을 제공한 것은 사실입니다.

—라면만 제공했다고요?

—그렇습니다. 합법적인 영역에서 안주원 의원을 후원하기 위해서는 어쩔 수가 없었습니다.

—그게 무슨 말이죠?

—현행법상 선거운동원에게 식사나 돈을 제공하는 것은 불법입니다. 그렇다고 저희가 후원금을 직접 제공하자니, 민주수호당의 말처럼 선거에 개입한다는 오해를 살 수 있습니다. 그래서 오래 고민한 결과, 라면을 제공하는 것이 가장 합당하다 생각했습니다.

—왜 하필이면 라면입니까?

—돈을 줄 수는 없죠. 불법이니까. 하지만 기증품으로 라면을 드리면 나눠 드실 수 있잖아요. 법률상 분식은 식사로 취급되지 않거든요.

실제로 선거철이 되면 선거운동원들의 점심으로 나가는 건 거의 김밥이다.

그건 선거운동을 하는 사람을 정당이 착취하기 위해서가

아니라, 법적으로 분식은 간식으로 취급되어서 제공 가능한데 김밥도 분식으로 분류되어 있기 때문이다.

이번에 마이스터에서 안주원의 사무실로 보낸 라면도 마찬가지였다.

—그래서 라면을 제공한 것뿐입니다.

—그러면 돈을 안 줬다고요?

—네. 저희는 단 한 푼의 돈도 제공하지 않았습니다.

—그러니까 미다스가 대인 기피증으로 고생하면서도 굳이 30억이나 들여 한국까지 와서 사흘간 체류하면서 한 게 안주원 의원과 만난 뒤 라면 천 박스를 구매해 보낸 것뿐이라는 건가요?

—총 소요 비용은 30억이 아니라 41억이고, 실제로 보낸 건 라면 천 박스 맞습니다.

노형진의 말은 거짓말이 아니었다. 실제로 돈은 주지 않았다.

하지만 사람들은 그렇게 생각하지 않았다.

"허."

그걸 보면서 안주원은 할 말을 잊어버렸다.

심지어 조기장조차도 아무런 말도 하지 못했다.

왜냐, 그 아래에 보이는 댓글난은 이미 박살 난 상황이었기 때문이다.

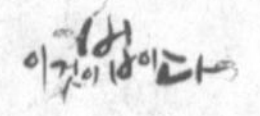

-누굴 병신으로 아나?

-41억을 태워서 라면을 줬다고? 기가 막히네.

-마이스터는 대한민국 국민을 병신으로 아나 봅니다.

민주수호당과 안주원은 송정한의 지지율을 떨어트리기 위해 고의적으로 마이스터와 미다스의 이미지를 악의 축으로 만들었다.

그리고 이제 그 누구도 악의 축의 말을 믿지 않았다.

애초에 이런 건 마이스터와 미다스가 악의 축의 이미지가 아니었다고 해도 믿지 않을 거다.

상식적으로 말이 안 되니까.

"미치겠네."

안주원은 자신도 모르게 중얼거렸고, 조기장은 참담한 표정으로 얼굴을 부여잡았다.

⚖

"아주 그냥 가루가 되도록 까이는군요."

로버트는 뉴스를 보면서 혀를 끌끌 찼다.

언론에서는 필사적으로 안주원을 실드 치고 있지만 상식적으로 너무 말이 안 되는 상황이라 사람들은 조금도 믿지 않았다.

애초에 한국의 언론은 언론 신뢰도에서 꼴찌를 찍은 지가 오래되었기에 사람들은 언론에서 하는 말이라면 일단 색안경을 끼고 보는 게 현실이었다.

"민주수호당하고 안주원 쪽은 어쩔 줄 몰라 하는군요."

"그럴 겁니다. 그들은 상대방이 스스로를 지키려 할 거라는 가정하에 움직였으니까요."

노형진은 로버트의 말에 어깨를 으쓱하며 말했다.

"하지만 우리처럼 똥물 뒤집어쓰는 걸 두려워하지 않는 대상과는 싸워 본 적이 없겠죠."

국회의원이라면 자기의 명예를 어떻게든 지키려고 한다.

기업도, 불매운동 때문에라도 여론의 눈치를 살필 수밖에 없다.

"하지만 마이스터와 미다스는 전혀 그럴 이유가 없거든요."

마이스터와 미다스는 투자회사이고 개인이다.

즉, 시민들의 눈치 같은 거 살필 이유가 없다.

그러니 똥물을 뒤집어쓰든 말든 신경 쓰지 않아도 된다.

"그런 상대와 싸워 본 적이 없으니 대응책도 못 찾겠죠."

노형진은 돈을 주지 않았다고 주장했지만 그건 진짜로 돈을 주지 않았음을 알아 달라는 뜻으로 말한 게 아니다.

도리어 이쪽이 뻔뻔하게 나감으로써 사람들로 하여금 뭔가 있다고 생각하게 만들기 위해 한 말이다.

"그리고 이제 두 번째 카드가 나갈 겁니다."

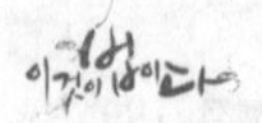

"두 번째 카드라……. 그러고 보니 그 두 번째 카드가 뭔지 저한테도 말씀을 안 해 주셨네요."

"아, 별건 아닙니다. 기자한테서 뭐가 터져 나올 겁니다."

"기자요?"

노형진의 말에 로버트는 고개를 갸웃했다.

"기자들은 철저하게 안주원 편인데요?"

"코리아 타임라인에서 터질 거거든요."

"그래도 이해가 안 갑니다."

코리아 타임라인은 노형진이 사주로 있는 곳이기는 하지만 그렇다고 해서 노형진의 입맛에 맞는 기사를 써 주는 곳은 아니다.

실제로 그들은 필요하다면 노형진에서부터 송정한, 대기업, 마이스터까지 닥치는 대로 까 대는 모두까기 인형에 가까웠고, 노형진은 그걸 막지 않았다.

공정한 언론사가 하나쯤은 있어야 한다고 생각하기 때문이다.

실제로 그 덕분에 한국의 언론에 대한 믿음은 바닥이지만 코리아 타임라인만은 신뢰도가 아주 높았다.

"아무리 코리아 타임라인이라 해도 노 변호사님이 원하는 대로 기사를 써 주지는 않을 겁니다."

"하하하, 그럴 리가 없죠. 애초에 그걸 원한 것도 아니고요. 저는 코리아 타임라인에 익명의 제보를 한 것뿐입니다."

"익명의 제보라 해도 그쪽은 검증을 엄청나게 깐깐하게 할 텐데요."

코리아 타임라인은 제보라면 무조건 올리는 그런 언론사가 아니다.

수차례 교차 검증을 하고 확인하고 나서야 올린다.

"알고 있습니다. 그래서 코리아 타임라인에 익명의 제보를 한 겁니다."

"도대체 뭘 하셨기에……?"

"잠깐만 기다리시면 됩니다. 슬슬 올라올 시간이 되었으니까요."

의아한 표정의 로버트를 향해 노형진은 빙긋 웃었다.

잠시 후 실제로 코리아 타임라인의 뉴스가 올라왔다.

그 뉴스는 대한민국 정치계를 발칵 뒤집어 버리기에 충분했다.

화염라면 천 박스, 과연 어디서 온 것인가?

제보에 따르면 화염라면은 어디에서도 대량 구매된 적이 없다고 한다. 관계자라고 밝힌 익명의 제보자는 라면 유통 쪽에 있으며 전국의 어떤 업체에서도 천 단위의 화염라면 박스 주문이 들어온 적이 없다고 밝혔다.

화염라면의 경우 천 단위를 채우기 위해서는 일반 유통 매장이 아닌 공장에서 직구매를 해야 하는 양이며……(중략)……또한 해당 화염라면 천 박스를 배달한 차량 역시 공장이나 업체 소속이 아니라 운송업을 하는 개인이며, 그날 운송을 한 직원들 역시 현장에서 잠깐 일한 아르바이트생이었다고 한다.

해당 라면은 경기도 모처의 단기 임대 창고에 쌓여 있었으며……(중략)……이러한 것으로 봤을 때 누군가가 추적을 막을 목적으로 전국을 돌면서 화염라면을 소매점에서 직구입한 것으로 보이며, 실제로 지난 며칠간 다수의 사내들이 근처 마트와 편의점 가게 등을 돌면서 화염라면을 싹쓸이했다는 증언이 이어져……(하략)…….

"이게 무슨?"

기사를 읽은 로버트는 깜짝 놀랐다.

갑자기 이게 뭔 소리란 말인가?

"라면을 직접 구입하신 게 아닙니까?"

"아닙니다."

"아니, 왜요?"

"의혹을 키워야 하니까요."

노형진은 어깨를 으쓱하며 말했다.

"제가 왜 굳이 화염라면을 골랐겠습니까?"

"개인적인 취향이신 줄 알았죠."

"전혀 아닙니다."

화염라면은 한국에서도 그다지 인기가 없는, 판매량이 거의 바닥에 가까운 라면이다.

아직 단종될 정도는 아니지만 그렇다고 해서 스테디셀러 라면도 아니다. 딱 마니아층만을 위한 라면.

하물며 순한맛은 더더욱 인기가 없다.

왜냐하면 화염라면이라는 이름에서부터 드러나듯이 극강의 매운맛이 포인트인데, 순한맛은 그걸 죽여 버려서 다른 라면과 비슷해져 버렸으니까.

"그래서 화염라면은 생산량이 많지 않습니다. 그 덕에 유통 라인을 추적하는 게 '아주 쉽죠.'"

"설마?"

"네, 기자들에게 슬쩍 제보를 흘렸죠."

익명으로 화염라면 관계자인 척 그렇게 팔린 적이 없다는 제보를 하면, 코리아 타임라인에서는 그걸 검증할 거다.

실제로 그렇게 팔린 적이 없는 라면인 만큼 어디서 그 많은 라면이 튀어나왔는지 알아볼 테고.

"그러면 누군가 굳이 화염라면을 조금씩 사 모은 걸 알게 될 겁니다."

"허……."

"만일 단순히 배송할 거였다면 전화로 라면 회사에 이야기해서 대량 구매하고 계좌 이체하는 게 훨씬 싸죠."

하지만 그렇게 하지 않고 굳이 일일이 전국의 라면 파는 곳을 다 뒤져 가면서 화염라면만 사서 모았다? 그것도 더 비싼 값을 치러 가며?

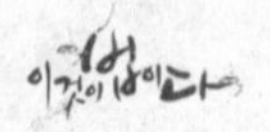

"뭔가 감추고 있다고 생각하기 쉽죠."

쉽게 갈 수 있는 걸 귀찮게 돌아가며 돈까지 많이 쓰려 하는 사람은 없으니까.

"허."

로버트는 혀를 내둘 수밖에 없었다. 함정을 이렇게 치밀하게 짤 줄은 몰랐으니까.

"이렇게 되면 사람들은 진짜로 어떤 목적이 있다고 의심할 수밖에 없겠군요."

진짜 라면만 준 거라면 그냥 전화 한 통이면 되는 일이니까.

"그리고 똑같이 욕먹었을 때 불리한 건 안주원이죠."

마이스터야 욕 좀 먹는다고 투자자들이 돈을 빼지는 않는다.

애초에 한국 기업도 아니고 말이다.

그러니 욕을 하든 말든 신경 안 쓰면 그만.

그에 반해 안주원은 현재 대통령 후보다. 그것도 선거가 코앞인 상황.

"그리고 송정한 의원은 이번 사건의 당사자도 아니니까요."

송정한이 뭔가 받은 것도 아니고 뇌물을 주고받았다는 증거도 없는 만큼, 안주원이 송정한을 물고 늘어지려 할 때마다 사람들의 머릿속에서는 안주원의 라면 수령 사건만 계속해서 상기될 거다.

"그리고 제가 굳이 돈이 썩어 문드러져서 라면 박스를 천 개씩 준 건 아니거든요. 아, 그렇다고 라면값이 없다는 뜻은 아닙니다만."

"그러고 보니 이해가 가지 않는군요."

라면을 왜 천 박스나 보냈을까? 거기 담긴 라면만 무려 4만 개다.

그 정도면 아무리 안주원이 당내 선거운동원들에게 열심히 뿌려도 모두 소진할 수가 없는 양이다.

왜냐하면 분식도 간식으로 먹는 것만 인정되지 챙겨 가는 순간 물품을 제공한 것이 되어, 결과적으로 선거법을 위반한 것이 되기 때문이다.

"그렇다고 그걸 가져다 버릴 수도 없죠."

이렇게 대대적으로 가져다준 라면을, 언론에서도 이슈가 된 라면을 그냥 폐기한다?

당연하게도 마이스터와 미다스가 노발대발해도 할 말이 없는 일이다.

선물을 가져다 버린다는 건 상대방에게 극도로 배신적인 행위니까.

아무리 생각이 없는 사람이라고 할지라도 선물을, 그것도 미다스가 준 선물을 버릴 수는 없다.

"그리고 보통 사람들은 생각이 뻔하거든요. 생색이라도 내자."

실제로 남는 걸 기부하는 문화는 나쁜 게 아니다. 누구도 그걸 뭐라고 하지 않는다.

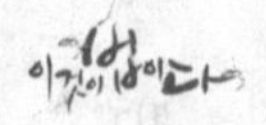

"하지만 안주원은 모르는 게 있죠."

노형진은 빙긋 웃었다.

"이미 함정에 빠졌다는 것 말입니다, 후후후."

이제 증명은 네 책임

한국에서는 예로부터 북한이 미사일을 쏘거나 분위기가 이상하면 사람들이 비상식량으로 가장 먼저 쓸어 가는 게 라면이었다.

하지만 전문가들은 라면을 비상식량으로 그다지 추천하지 않는다.

왜냐하면 라면은 유통기한이 너무 짧다.

3~4년이 지나도 맛이 없을지언정 먹을 수는 있는 쌀과는 달리 라면은 유통기한이 6개월밖에 안 된다.

더군다나 라면은 물을 많이 써야 하는 조리 식품이다. 그렇다 보니 쌀보다 많은 양의 물을 필요로 한다.

쌀에 많은 물이 필요한 이유는 씻는 과정 때문일 뿐, 단순히 먹기 위해서라면 1인분당 물의 소비량은 훨씬 적다.

그리고 라면은 상당히 짠 음식이다.

필요한 염분을 채우는 데에는 좋을지 몰라도 먹은 후에는 염분 때문에 자꾸 물을 마시게 된다.

그런 이유로 라면은 장기 보관이 어려운 식품으로 분류된다.

그러면 과연 이 많은 라면을 어떻게 할 것인가?

무려 4만 개. 전국에 다 뿌려도 다 먹을 수 없는 양인데 말이다.

당연히 기증을 하는 방법밖에 없었다. 기왕에 생색이라도 내자는 의도.

그것까지는 좋았다.

하지만 그 생색이라도 내자는 행동은 결국 안주원의 움직임을 완전히 막아 버렸다.

"미치겠네."

기증된 라면 박스들 모두 개봉 상태

과연 그 안에 있던 건 라면뿐이었을까?

"환장하겠네, 씨팔."

그렇게 말하면서 안주원은 하삼도를 바라보았다.

그리고 하삼도는 더더욱 쭈그러들었다. 남는 라면을 기증하자고 한 건 자신이었으니까.

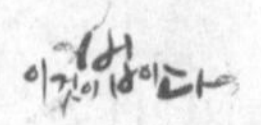

"차라리 폐기를 했어야 했습니다."

"하지만 그러면 마이스터에서……."

"마이스터가 무섭습니까? 표를 주는 건 국민입니다!"

"……."

라면을 기증했다.

그런데 안주원 일당은 혹시 돈이 들어 있나 찾아보겠다며 라면 박스를 있는 대로 다 뜯어봤다.

아무리 재밀봉했다지만 공장에서 한 포장과 테이프로 추후 봉인한 건 다를 수밖에 없었고, 기자들은 그걸 물고 늘어졌다.

도대체 왜 기증할 물품을 굳이 뜯었다가 다시 포장했는가? 그 안에서 도대체 뭘 꺼냈는가?

당연하게도 그 과정에서 뭔가 사라진 게 아닌지, 그리고 그 과정에서 사라진 것은 과연 얼마인지 의심할 수밖에 없다.

정말 그 안에 돈이 있었다면 한두 푼이 사라진 게 아닐 테니까.

아무리 다른 언론들이 안주원을 물고 빨고 실드를 치려고 발악해도 코리아 타임라인에서 먼저 터트리면 인터넷에서 도는 건 순식간이었고, 온갖 의혹이 끝도 없이 터졌다.

"마이스터는 뭐랍니까?"

"자신들이 준 건 라면뿐이라면서 의혹을 제기하지 말라고 거칠게 항의했답니다."

"거칠게 항의는 개뿔."

코리아 타임라인이 마이스터 건데 마이스터의 의견에 반한 뉴스를 내고 있다.

그러니 사람들은 더더욱 코리아 타임라인에 대한 믿음을 가지고 있었다.

사주에게도 할 말은 하는 언론사라면서 말이다.

"오늘 지지율은 6% 차이 납니다."

"으음……."

아직 사건이 커지지 않은 상황이라서 이 정도인 거지, 일이 더더욱 커지면 자신들의 미래는 너무나 뻔해져 버린다.

"일단 라면을 뜯은 건…… 변명을…… 끄응, 환장하겠네."

그렇게 말하면서 조기장을 바라보는 안주원.

아무리 생각해도 라면 박스를 왜 뜯었는지, 달리 변명할 말이 없었으니까.

상황을 지켜보던 조기장은 긴 한숨을 내쉬었다.

'어쩌다가.'

안주원이 자신을 견제하는 건 알고 있다. 하삼도도 마찬가지고.

그렇다고 이대로 놔두자니, 일단은 살아야 한다.

권력도 살아남아야 누릴 수 있는 거지, 살아남지 못하면 남은 생을 차디찬 교도소 방바닥만 보면서 보내게 될 수도 있다.

"일단은 변질이나 상품 손상 여부를 확인하기 위해 뜯은 거라고 변명해야지요."

"먹힐까?"

"돈을 확인하려고 뜯었다고 말할 수는 없지 않습니까?"

돈이 진짜로 들어 있었는지는 이제 중요하지 않다.

박스를 뜯은 그 행위가 이미 국민들에게는 돈을 받았다는 확신을 주고 있으니까.

"이대로 그냥 당할 수는 없습니다. 뭐라도 해야지요."

"그래야지."

변명이라도 하지 않으면 진짜 저항도 하지 못하고 갈려 나갈 수도 있는 상황.

"그리고 국민들의 시선을 다른 곳으로 돌려야 합니다."

"어디로? 이제 와서 마이스터나 미다스로 돌릴 수는 없잖아?"

"그럴 수는 없죠."

마이스터와 미다스가 조명될수록 사람들은 안주원을 더더욱 의심하게 될 거다.

그런 만큼 어떻게 해서든 다른 방법을 찾아야 한다.

"연예인은 이제 와서 힘들 테고."

"박기훈 대통령에게 부탁해 봐야지요."

"박기훈? 그 새끼한테?"

그 말이 마음에 안 든다는 듯 안주원의 얼굴이 찡그러졌다.

그도 그럴 게 말 좀 듣는가 싶더니 갑자기 돌변해서 막판에 깽판 친 게 박기훈이니까.

그렇잖아도 개혁파라 마음에 안 드는데, 국정원의 암살 실패 이후 아예 돌변해서 부패 사범과 기득권에 이빨을 드러낸 박기훈이 마음에 들 리가 없다.

"방법이 없지 않습니까? 그리고 최소한 박기훈은 우리 민주수호당 출신의 대통령입니다."

이런저런 이유로 탈당했다지만 그래도 과거에는 민주수호당의 이름을 달고 나왔다.

"그놈은 송정한을 도와주는 거 아니었어?"

"정확하게는 중립을 지키고 있습니다만."

실제로 아무리 현직 대통령이라 해도 다음 선거에 대해 선불리 말할 수는 없다.

"하지만 이슈 하나 터트리는 건 가능할 겁니다. 만들어서라도 터트리라고 압박해야지요. 어차피 안 볼 사이 아닙니까?"

"하긴. 어차피 감방에 처넣어 버릴 새끼이긴 하지."

자신이 대통령이 되면 증거를 조작하는 한이 있어도 박기훈 대통령은 교도소로 보내기로 이미 이야기가 된 상황이다.

그놈이 개혁 성향을 보여 주는 바람에 날린 돈이 수백억은 되니까.

"대통령으로 만들어 준 은혜라도 갚으라고 압박하세요."

"그런 거에 굴할지……."

"안 되면 되게 해야지요."

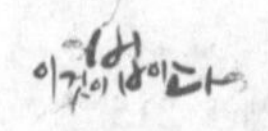

이렇게 죽나 저렇게 죽나 죽는 건 마찬가지라면 발악이라도 해 봐야 한다.

"이슈로 덮어 버리고 다시 상황을 뒤집어야 합니다."

조기장은 최후의 카드를 내밀었다.

하지만 그 최후의 카드에 대한 대응으로 박기훈이 뭘 내밀지는 예상하지 못했다.

아니, 예상은 했지만 어쩌면 무시하고 싶었으리라.

⚖

"허? 이놈들 보게나. 어떻게 생각하나?"

안주원 측으로부터 요청을 받은 박기훈은 노형진을 불렀다.

"저는 청와대 자문위원에서 사퇴했습니다만?"

"그렇다고 해서 변호사가 아닌 건 아니지. 내 개인 자격으로 자네를 고용하지."

"뭐, 그렇게 하신다면야."

노형진은 박기훈의 말에 고개를 끄덕거렸다.

그리고 정식으로 위임계약서를 쓴 후 박기훈이 내민 서류를 살펴보았다.

"그러니까 민주수호당에서는 한국산 항모에 대한 답변을 해 달라 이거네요?"

좋게 말해서 답변이지, 사실상 그냥 죄를 뒤집어쓰고 자폭

해라 뭐 그런 말이다.

"물론 한국산 항모와 관련해서는 비틀린 부분이 많지."

한국산 항모의 핵심인 설계의 경우는 노형진이 빼돌린 설계도를 기반으로 재설계한 중급 항모가 예정되어 있다.

당연히 원래 설계 과정에서라면 들었어야 했을 수천억의 예산을 아낄 수 있었고, 그 예산은 추후 항모 제작에 쓰기 위해 쌓아 둔 상황이다.

"그런데 항모의 제작 의혹이라…… 하?"

노형진은 그걸 보면서 고개를 절레절레 흔들었다.

"국가 안보고 뭐고 그냥 관심이 없네요."

아무리 국회의원은 정부의 견제가 목적인 조직이고 박기훈이 민주수호당 출신이라지만, 그걸 포기해서는 안 되는 일이다.

문제는 이 사실에 관해 국회의원들도 어느 정도 1급 보안으로 알고 있다는 거다.

애초에 이 정도 규모의 일이 예산안을 심사하는 국회의원 몰래 진행된다는 것 자체가 불가능한 일이다.

"개 같은 새끼들."

단순히 해명하라는 게 아니다.

이게 해명에 들어가면 한국에서 만들 준비를 하고 있는 중형 항모의 정보가 모조리 공개되어 버린다.

"다른 나라들은 모조리 항모를 가지고 있는데 우리는 안 된다니, 이게 뭔 말도 안 되는 소린가?"

중국도 항모를 3척이나 가지고 있고, 러시아도 항모가 있으며, 심지어 일본도 2척의 항모를 제작 중이다. 오로지 한국만 항모가 없다.

물론 오로지 방어만이 목적이라면 항모는 불필요할지도 모른다.

하지만 원거리 투사 능력이 없는 나라는 전 세계에서 무시당한다.

미사일에 격침되면 엄청난 손해다?

전 세계에 미사일에 격침되지 않는 항공모함이 있기는 할까?

결국 만들어서 그걸 운영하는 게 핵심이지, 무조건 만들지 않는 게 능사인 것은 아니다.

"그런데 그 정보를 언론을 통해 발표하고 사과하라니."

"아무래도 이슈를 전환하고 싶은 거겠지요."

어떻게 해서든 자신들과 마이스터의 라면 사태를 덮고 싶으니까.

이 상황에서 가장 확실하게 국민들의 시선을 돌릴 수 있는 게 뭘까?

당연히 대통령의 횡령과 같은 더 큰 사건이다.

"하지만 이해가 안 가는데. 나는 민주수호당 출신이야. 내가 이슈가 되면 어차피 민주수호당이 불리할 텐데?"

"아니요. 사람들은 다르게 생각할 겁니다."

개혁 성향에, 송정한과 친밀한 관계, 거기다가 민주수호당 탈당까지.

"아마 국민 중 상당수는 각하께서 민주수호당보다는 우리 국민당 측 사람이라고 생각할 겁니다. 그리고 애초에 저들에게 필요한 건 진실이 아닙니다, 이슈지."

그건 선거가 끝난 후에 덮어 버리면 그만이다.

그저 잠깐 선거가 끝날 때까지, 라면 사태를 덮을 만한 다른 뭔가가 필요한 것뿐이다.

"나는 이제 버림패다 이거군."

"맞습니다. 어쩌면 임기가 끝난 후에 감옥에 넣어 버리겠다고 이를 박박 갈고 있을지도 모르죠."

노형진의 말에 박기훈은 쓰게 웃었다.

그렇잖아도 그런 의심을 하고 있기는 했다.

아무리 임기 말 대통령이라고 하지만 민주수호당에서는 대통령 대우는커녕 그를 사람 취급도 하지 않고 있으니까.

"어떻게 해야 하나?"

"뭐, 간단합니다."

"뭔데? 설마 항모 관련 정보를 공개하자는 건 아니겠지? 절대 그럴 수는 없네."

나라를 위한 대계다. 이게 새어 나가면 100% 중국에서 온갖 패악질을 부려서라도 항모 제작을 막을 거다.

중국의 성향상 최악의 경우 무력 분쟁까지 불사할 수도 있다.

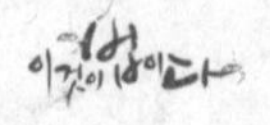

그렇게 되면 한국은 영원히 항모를 가지지 못하게 될 가능성이 크다.

"물론 그럴 리가 없죠. 애초에 이걸 기자회견이 아니라 이렇게 청와대에 서류로 보낸 이유가 뭐겠습니까? 여차하면 공개하겠다고 위협하는 것 같지만 사실 반대인 겁니다."

자기들이 공개하기에는 부담스럽다는 거다. 그러니 알아서 입을 털어라, 뭐 그런 말인 것.

"자기들이 입을 털면 최악의 경우 역풍을 맞을 수도 있으니까요."

"하긴, 상식적으로 대통령에게 1급 기밀을 공개하라 하는 게 말이 안 되기는 하지."

"네, 맞습니다."

노형진은 고개를 끄덕거리며 말했다.

"그러니까 자네 말은, 지금 상황을 덮기 위한 큰 이슈로 날 이용한다 이거군."

"그렇게 보입니다."

"무시할까?"

"무시하면 아마도 계속 물고 늘어질 겁니다. 애초에 이거, 반쯤은 박기훈 대통령님을 방패로 삼으려는 거니까요."

국가 기밀을 터트린다는 문제는 있지만 박기훈이 항모 건조 비용을 빼돌렸다는 의혹을 제기할 수 있다. 그리고 같은 개혁 성향인 송정한과 엮을 수도 있고 말이다.

"사실 이제 중요한 건 대통령님의 행동이 아니죠."

이미 박기훈의 임기는 끝을 향해 달려가고 있고 선거는 코앞이다.

그런 상황에서 뭐라고 하든 간에 결국 선거기간 내에 답이나 결과가 나올 수는 없다.

"계속 무시하다가 소문이 사실이라면 진짜 감옥에 가실 수도 있습니다."

"하긴."

검찰 개혁에 손댄 박기훈이다.

이미 검찰에서 그를 조져 버리겠다고 이를 박박 갈고 있는 상황에서 그가 대통령에서 물러나면 없는 증거라도 조작해서 감옥에 넣을 가능성 역시 무시 못 한다.

"하지만 난 그래도 송정한 의원을 도와줄 수는 없네."

그럼에도 불구하고 박기훈은 단호하게 선을 그었다.

대통령의 선거 개입은 불법이니까.

"뭐, 그러실 거라 생각했습니다. 하지만 송정한 의원이 선거운동을 하는 걸 막을 이유는 없죠."

"없다고?"

"네. 선거에 끼어드는 게 불법이지 선거를 엄중하게 감시하는 게 불법은 아니지 않습니까?"

노형진이 씩 웃으며 말했다.

"네거티브를 자기들만 할 줄 아는 게 아니라는 걸 저쪽은

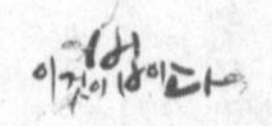

아직 모르는 것 같은데 말이죠."

그렇게 말하던 노형진은 어깨를 으쓱했다.

"이쪽도 네거티브 잘합니다, 후후후."

⚖

"네거티브 전략을 쓰자고?"

"네."

송정한은 기가 막혀서 말이 안 나왔다.

자신을 찾아와서 한다는 말이 네거티브를 쓰자는 거라니.

"선거가 얼마 안 남았는데? 진심인가? 언제는 정책 대결로 가야 한다며?"

그런데 이제 와서 갑자기 네거티브 전략을 쓰잔다.

당혹스러워하는 송정한에게, 노형진은 손을 내저어 보였다.

"아, 진짜로 말도 안 되는 네거티브를 쓰자는 게 아닙니다."

"그러면?"

"의혹을 제기하자는 거죠."

"그게 네거티브 아닌가?"

"맞습니다. 하지만 그걸 물고 늘어지자는 건 아닙니다. 사실 그럴 필요도 없고요."

"그러면?"

"박기훈 대통령이 엄중 문책하고 경고할 수 있는 핑계를 만들어 주자는 거죠."

"박기훈? 그 사람은 왜?"

"사실은……."

노형진은 현재 박기훈이 처한 상황을 설명했다.

설명을 들으며 송정한은 혀를 끌끌 찼다.

설마 자기네 대통령에게도 그 지랄을 할 줄은 몰랐으니까.

"아마 조만간 안주원은 박기훈을 공격해서라도 라면 사태를 덮으려고 할 겁니다."

"그런다고 효과가 있을까?"

"중요한 건 시도 자체가 결국 우리를 공격하는 행동이라는 거죠."

"끄응."

"그러니 그걸 막기 위해서는, 그들이 공격하기 전에 어떻게 해서든 우리가 먼저 그들을 공격해야 합니다. 그리고 아시겠지만 항모 문제는 일단 전면에 나서서는 안 됩니다."

"하긴, 그것도 그렇군."

한국의 중형 항모 문제가 수면 위에 떠오르면 중국에서 가만있을 리가 없다.

경제제재를 통해서라도 못 만들게 할 거다.

최악의 경우 군을 보내 한국을 압박할 가능성 역시 무시 못 한다.

중국은 그러고도 남을 나라니까.

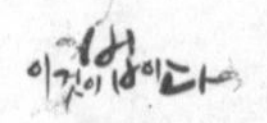

"그러니 공개적으로 일이 터지기 전에 입을 막아야 합니다."

"저쪽이 이슈를 터트리기 전에 어떻게 해서든 우리 쪽이 먼저 이슈로 입을 막아 버려야 한다……."

"맞습니다."

노형진의 말에 송정한은 곰곰이 생각에 빠졌다.

확실히 자신은 지금까지 정책 대결로 여기까지 오기는 했다.

"네거티브까지는 아니지만 그래도 뭔가 지적하는 것으로 문제가 커지지는 않을 겁니다."

"하지만 뭘?"

"간단합니다. 정치자금이죠."

"정치자금?"

"솔직히 말해서 대통령 선거가 정상적인 돈만으로 치러진 적 있습니까?"

"없지."

송정한조차도 무리라는 걸 안다.

실제로 대통령 선거뿐만 아니라 국회의원 선거, 심지어 도의원이나 시의원 같은 지방선거에서도 규정대로 선거 자금이 들어가는 경우는 없다시피 하다.

"솔직히 송 의원님의 지지율이 압도적이지 않은 이유가 뭡니까? 규정대로 선거 자금을 쓰고 있어서가 아닙니까?"

"부정은 못 하겠군."

송정한은 대선에 나가겠다고 마음먹고 수년을 준비해 왔다.

노형진 덕분에 굵직한 사건에 얼굴을 많이 내밀었고, 결정적인 순간에 대한민국을 구한 영웅이라는 소리도 들었다.

만일 일반 정치인이 이 정도 공적을 세웠다면 다른 후보들은 압살되었을 거다.

그럼에도 불구하고 송정한이 고작 애매하게 앞서고 있는 이유는, 다른 사람들이 불법적으로 돈을 쓰고 있는 상황에서 그 혼자만 규정대로 돈을 쓰다 보니 홍보에서 밀리기 때문이다.

더군다나 네거티브는 눈에 팍팍 들어오고 이슈가 되지만 정책 홍보는 맹숭맹숭하고 재미도 없으며 눈에 들어오지도 않는다.

"네거티브가 욕을 먹는 건 오로지 네거티브만 하기 때문입니다. 하지만 송정한 의원님은 그게 아니죠."

수많은 공약을 내세웠고 수많은 정책을 준비했다.

그 상황에서 아예 아니 땐 굴뚝에 연기 나는 것도 아닌 의혹을 제기하는 것은 딱히 문제가 되지 않는다.

"그 한 번이 기분 나빠서 떠나는 사람도 있네."

"그런 사람들은 결국 떠날 사람입니다. 아시지 않습니까? 백 개 중 하나가 마음에 안 든다고 아흔아홉 개가 마음에 안 드는 사람에게로 떠난다? 애초에 그게 지지자일까요?"

"하긴."

노형진의 말도 틀린 말은 아니다.

말로는 지지자라면서 마음에 안 드네 뭐네 하며 손절하겠다고 설레발치는 놈들 대부분은 진짜 지지한다기보다는 그냥 분란을 목적으로 떠드는 놈들이다.

"안주원은 자기들은 더러운 짓을 해도 된다고 생각하면서도 이쪽은 더러운 짓을 하지 않을 거라고 믿고 있습니다."

하지만 노형진은 더러운 짓을 할 줄 몰라서 안 하는 게 아니다.

"저는 그저 결정적인 순간을 노릴 뿐이죠."

결정적인 순간의 결정적인 한 방이 도리어 선거기간 내내 떠드는 것보다 훨씬 효과가 좋은 법이니까.

"그러면 내가 뭘 하면 되나? 설마 제3의눈에 보유한 정보를 터트리려는 건가?"

"아니요. 그건 지금은 딱히 관심이 없을 겁니다."

하나하나가 처벌 대상이지만 그걸 조사해야 하는 검찰과 경찰이 지금 저쪽 편이니 이슈가 되는 걸 막을 거다.

"그러니 라면 사태를 터트려야지요."

"라면 사태를?"

"인터넷에는 이런 말이 있죠. 문신을 하는 것은 개인의 자유다, 하지만 문신을 하는 순간 그 개인은 자신이 부정한 범죄자가 아님을 매 순간 증명해야 한다."

범죄도 마찬가지.

한번 프레임이 뒤집어씌워지면 그게 아님을 매 순간 증명해야 한다.

"요즘 안주원 후보, 돈 신나게 잘 쓰던데요? 후후후."

⚖

-안주원 후보에게 묻겠습니다. 현재 안주원 후보가 쓰는 수많은 정치자금이 어디에서 왔는지 증명하여 주시기 바랍니다. 저희 측에서 계산한 바에 따르면 안주원 후보가 쓴 정치자금은 저희 예상치를 훌쩍 넘고 있습니다. 과연 그 돈이 어디에서 왔을까요? 저희는 그런 합리적인 의심을 할 수밖에 없습니다.

송정한 측의 갑작스러운 네거티브 전략.

그 전략에 안주원 쪽은 혼란에 휩싸여 허둥거렸다.

단 한 번도 송정한이 네거티브 전략을 쓸 거라 생각하지 못했기 때문이다.

물론 네거티브 전략이야 강용안 측이 미친 듯이 써 댔기에 대응하기 어려운 것은 아니었다.

다만 저격한 방향이 너무나도 정밀하다는 게 문제였을 뿐이다.

강용안은 네거티브라고 해 봐야 빨갱이라든가 아니면 부패 정권이라든가 하는 식으로 불확실하고 두루뭉술한 이야기를 주로 했다.

왜냐하면 약점을 특정하기에는 정보가 너무 부족했을 테

니까.

그리고 강용안 역시 부정하게 돈을 쓰고 있었으니 그걸 물고 늘어져 봐야 결국 자폭일 뿐이니까.

그랬기에 강용안도 그것만은 물고 늘어지지 않았다.

하지만 송정한은 너무 날카롭게 찔러 왔다.

"젠장, 그걸 계산하고 있었다는 거야?"

"그러니까 저런 공격이 가능하겠지요."

"미치겠네."

실제로 대선에서 법에서 정한 돈 이상의 선거 자금을 투입하는 것은 딱히 비밀도 아니었다. 하지만 그럼에도 불구하고 문제가 안 된 건, 다들 그래 왔기 때문이다.

그러나 송정한은 그걸 물고 늘어졌고, 그게 카운터가 되었다.

물론 평소라면 문제가 안 되었을 거다.

하지만 이미 특정인이 수백억 이상을 줬을 거라 의심되는 상황에서 이건 심각한 카운터였다.

"여론도 심상치 않습니다."

실제로 사람들은 안주원의 압도적인 홍보 물량을 겪고 있었다.

플래카드만 해도 송정한이 한 개면 안주원은 세 개가 달려 있고, 행사도 그렇고 차량도 그렇고 안주원의 홍보와 관련해서 압도적인 물량 공세를 겪고 있었다.

만약 이게 지난 선거라면 차이가 없었을 거다.

하지만 이번 선거는 아니었다.

송정한이 규정대로 하니 사람들은 상대적으로 안주원의 홍보 물량이 훨씬 많다고 느끼고 있었다.

이런 건 상대적인 문제이니까.

그러다 보니 송정한이 한 말은 사람들에게 사실로 와닿았다.

—안주원이 송정한보다 돈은 한 3배 이상 더 쓰는 것 같지 않냐?

—더 쓰는 듯?

—와, 그 돈이 어디서 왔을까?

—그 라면 한번 겁나게 비싸네.

사람들은 체감적으로 압도적인 돈을 쓰는 안주원에게 의심의 눈초리를 보낼 수밖에 없었다.

"미치겠네."

안주원은 할 말이 없었다.

만약 송정한만 이 지랄을 했다면 문제가 되지는 않았을 거다. 언론과 경찰은 자신들이 컨트롤할 수 있으니까.

하지만 박기훈 대통령이 문제였다.

박기훈 대통령 '막대한 부정선거 비용의 발생 조사 명령'

박기훈 대통령, "금권 선거는 이제 막을 내려야"

안주원 후보, 송정한 후보보다 3배 이상 많은 선거 자금 투입?

압도적인 물량 공세. 그게 안주원의 계획이었다.

하지만 지금은 그게 도리어 약점이 되었다.

"지지율이…… 역전되었습니다."

"역전이라고?"

"네. 그, 강용안…… 후보가……."

"설마……."

안주원은 부정하고 싶었다.

자신은 한때 권력의 핵심에 다가갔다. 그런데 눈앞에서 모든 게 무너지고 있었다.

"이럴 수가."

추격이라는 것도 결국은 어느 정도 비슷한 상승세로 따라갈 때에나 가능하다.

그러나 지금처럼 사람들이 자신이 수백억대의 뇌물을 받았다고 생각하는 시점에서는 그에 대한 해명을 아무리 해도 먹히지 않았다.

실제로 출처를 밝힐 수 없는 불법 선거 자금을 쓴 건 사실이 아니던가?

더군다나 대통령까지 그걸 언급하면서 조사를 명한 시점에서, 안주원의 미래는 사실상 끝이 났다고 봐야 했다.

"이럴 수가……!"

잊고 있었다.

말년의 대통령은 누군가를 성공하게 할 수는 없다. 하지만 누군가를 망하게 할 수는 있다.

그리고 그걸 잊어버린 탓에 선거 조사는 집중적으로 안주원과 강용안에게 쏠릴 수밖에 없었다.

누가 봐도 두 사람의 선거 자금이 송정한보다 훨씬 많다는 걸 부정할 수 없으니까.

"허."

안주원은 반쯤 혼이 나간 얼굴로 소파에 기대어 멍하니 천장을 바라보았다.

"조 의원, 이거 방법이 없겠어?"

"쉽지 않습니다."

물론 수사의 방향을 틀어 버리거나 시간을 끄는 건 어렵지 않다.

하지만 그런다고 해서 사건이 사라지는 건 아니다.

프레임은 이미 완성되었고, 선거기간 내내 자신들을 따라다닐 거다.

"안 후보님."

"나가……."

"저기……."

"나가라고!"

안주원은 소리를 버럭 질렀다.

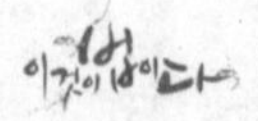

이제 눈앞까지 닥쳐온 파멸이 그를 벌벌 떨게 만들었다.

송정한이 대통령이 되는 순간 기득권층에 사정없이 칼날이 날아올 건 당연한 일.

그런데 그걸 막을 수가 없었다.

"젠장."

안주원은 정신이 거의 반쯤 나간 상태로 멍하니 앉아 있었다.

그렇게 얼마나 지났을까. 침묵만 흐르는 사무실에 당직자 한 명이 들어왔다.

"안 후보님, 강용안 후보님 측에서 연락이 왔습니다."

"연락? 무슨 연락? 비웃기라도 하려고?"

"그게 아니라, 살 방법이라도 모색하잡니다."

"살 방법?"

"네. 이러다 다 같이 죽느니 살아야 하지 않겠냐고."

그 말에 안주원은 눈을 찡그렸다.

그러나 이내 고개를 끄덕거렸다.

"약속 잡아 봐."

이렇게 죽느니 살아남기 위해 안주원은 뭐든 해 보기로 했다.

"뭐?"

안주원은 강용안을 만났다. 그리고 강용안의 말에 기가 막힌다는 듯 눈을 부라렸다.

"그러니까 나보고 지금 지지 선언하고 빠져라?"

"그래. 지지율은 내가 더 높으니까."

"끄응."

실제로 그게 사실이었다.

비록 강용안의 지지율이 떨어지기는 했지만 최소한 사고 친 건 아들이지, 본인이 아니다.

그러니 떨어졌어도 아주 많이 떨어진 건 아니었다.

그에 반해 안주원은 본인이 사고를 쳤다. 그것도 아주 초대형 사고를.

이제 돌이킬 수 없는 수준으로 이미지가 떨어졌다.

억울하다면 억울한 일이다.

내심 돈을 바란 건 사실이지만 정작 돈은 단 한 푼도 받지 못했으니까.

"그래서 나한테 물러나라?"

자존심 상하는 제안이었다.

"그래."

강용안이 생각해 낸 해결 방법.

그건 다름 아닌 지지 선언.

한 명이 지지 선언을 하고 빠지면 자연히 다른 한쪽이 그 지지율을 흡수한다. 그렇게 되면 마지막으로 송정한과 일전을 겨뤄 볼 수 있다.

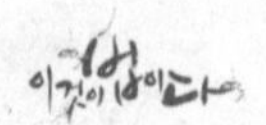

"그게 가능할 거라 생각해?"

"불가능한 건 아니지. 너도 알 텐데? 지지라는 건 기본적으로 증오를 기반으로 하는 거니까."

골수 지지자.

사람들은 한 사람을 맹목적으로 지지하는 사람을 골수 지지자라고 부른다.

하지만 골수 지지자에게는 다른 이면이 있다.

이 사람이 아니면 안 된다, 이 사람만이 정상이고 그의 선택이 정답이라는 것.

예를 들어 A라는 후보가 같은 정당의 B 후보에 의해 떨어졌다고 치자.

그래서 B 후보가 C라는 타 정당의 후보와 싸우게 되면, 일반인들은 A 후보를 지지하던 지지자들이 당연히 같은 정당 후보인 B 후보를 지지할 거라 생각한다.

하지만 골수 지지자들은 그러지 않는다.

그들은 '감히 A 후보를 떨궈?'라는 이유로 사실상 원수나 다름없는 C 후보를 지지한다.

소속 정당도, 목표도, 정치적 사상도 다 다르지만 중요한 건 정치적 신념이나 미래에 대한 비전이 아니라 '내가 지지하는 사람을 창피를 줬다.'라는 거다.

그래서 실제로 그런 표들이 쏠려서 엉뚱한 사람이 선거에서 이기는 경우가 적지 않다.

"너나 나나 결국 골수 싸움 아닌가?"

"끄응."

강용안의 말에 안주원은 이를 악물었다.

틀린 말이 아니니까.

실제로 이들의 싸움은 골수 지지자를 기반으로 얼마나 많은 사람들을 추가로 데려오느냐의 문제다.

골수 지지자의 숫자는 비등비등하기 때문이다.

그에 비해 송정한은 아직 골수 지지자들이 많지 않아서 변동이 가능한 계층이 많은 편이다.

"그러니까 너와 내가 힘을 합해서 송정한을 제치고 권력을 차지하자 이거지."

"그런데 내가 왜 물러나야 한다는 거지?"

그 말에 안주원은 비웃음을 가득 담아 물었다.

원수나 다름없는 자유신민당과 민주수호당이 손잡는 거? 알 게 뭔가.

어차피 방송과 기자 앞에서만 소새끼 개새끼 하지, 카메라가 사라지면 룸살롱에서 나란히 여자 가슴 주물럭거리는 사이가 아니던가?

더군다나 권력을 쥐기 위해 합당하거나 권력을 공유하는 행위는 딱히 이상한 일도 아니다.

하물며 송정한같이 개혁 성향의 공동의 적을 두고 싸울 때는 더더욱 그렇다.

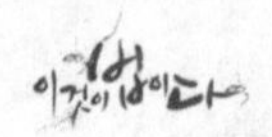

"우리가 손잡는 게 딱히 이상한 것도 아니지 않나? 처음도 아니고. 국민들은 어차피 개돼지야. 우리가 거국적 운운하면 좋다고 우리를 찍을걸."

실제로 한국에서 여와 야가 합당한 적이 있다.

사람들은 거의 기억 못 하지만, 원래 한국은 4당 체재였는데 당시 3당 합당을 통해 권력을 나눈 적이 있었다.

그렇게 만들어진 정당은 오랜 시간 한국을 지배했고, 지금도 주요 정당 중 한 곳으로 존재하고 있다.

여당과 야당이 합당해서 대한민국 제1당이 된 마당에 대통령 후보가 사퇴하면서 지지 선언을 하는 건 딱히 이상한 일도 아니다.

실제로 대통령 선거에서 그건 생각보다 흔하게 벌어지는 일이기도 하고 말이다.

"싫은데."

하지만 그런 강용안의 말에 안주원은 선을 그었다.

"네놈에 대한 지지 선언이라니, 어이가 없군. 반대로 내가 대통령이 된다면 모를까."

안주원은 눈을 번뜩거렸다.

만일 자신이 대통령이 된다면 어떻게 될까? 당연히 강용안 패거리의 모가지를 따 버릴 수 있게 된다.

"너야말로 지지 선언하고 물러나지?"

"하, 내가 바보로 보이나?"

"그러는 넌 내가 바보로 보이나?"

강용안은 안주원의 물음에 씩 하고 웃었다.

"그래, 넌 바보가 아니지. 그래서 네게 물러나라고 하는 거야."

"뭐?"

"들어오라고 해."

강용안이 밖을 향해 말했고, 잠시 후 최당식이 안으로 들어와서 공손하게 고개를 숙였다.

"부르셨습니까, 후보님."

"최…… 최당식?"

최당식.

송정한을 제치기 위해 자신들과 뭉쳤던 검찰의 인사.

그러나 싸가지가 없고 자신들을 무시하던 인간이 바로 그였다.

자신들에게 거리낌 없이 반말하던 그놈이 이제 와서 갑자기 강용안에게 고개를 숙인다는 사실에 안주원은 깜짝 놀랐다.

"그래, 최 검사. 어떻게, 준비는 잘 끝났나?"

"네, 의원님. 말씀만 하시면 내일 바로 안주원 의원에 대한 구속영장이 청구될 겁니다."

"뭐? 자네 미쳤나!"

왜 최당식이 강용안에게 설설 기는지는 알 수 없다.

하지만 지금 중요한 건 그게 아니다.

지금은 자신에게 구속영장이 청구될 거라는 그의 말이 중요했다.

"뭔 말도 안 되는 개소리야!"

"개소리가 아니지. 최당식에게 뭐라고 하지 말게나. 최당식도 살아야 하지 않겠나? 하하하."

그 말에 안주원은 소름이 돋았다.

최당식은 송정한에게 방화 살인 혐의를 뒤집어씌우려다가 결국 실패하고 코너에 몰린 상황이었다.

그런 상황에서 살길이란 뭘까?

만일 송정한이 진짜로 대통령이 되면?

자리보전은커녕 감옥으로 주소를 옮기게 될 거다.

"설마 강용안에게 붙은 건가?"

"그러면 너 같은 빨갱이에게 붙겠냐?"

그 말에 강용안은 비웃음이 가득한 얼굴로 말했다.

실제로 검찰은 민주수호당보다는 자유신민당과 더 친밀하다.

더군다나 최당식은 정치 성향도 자유신민당에 가까웠던 인간이니 그가 자유신민당에 붙는 건 딱히 이상한 일이 아니었다.

문제는 그가 자유신민당에 붙은 게 아니라 이미 붙어 있다는 거다.

"설마 내가 돈 받은 걸 기정사실화할 거라는 거냐?"

"그거야 모를 일이지."

증거는 없다. 하지만 그렇게 프레임을 짜고 경찰에서 계속 떠든다면?

진실은 상관없다. 중요한 건 자신이 뇌물을 받은 사람이 된다는 거다.

"그리고 말이야."

강용안은 웃었다.

하지만 그 미소는 친밀함이 느껴지는 미소가 아니었다. 도리어 비웃음이 가득한 그런 미소였다.

"굳이 거기까지 갈 필요가 있나?"

"뭐?"

"자네 딸 말이지, 참 예쁘게 컸더군."

"뭔 개소리야? 난 아들만 둘인데."

"그래? 확신해?"

그 말을 들은 안주원의 눈동자가 흔들리기 시작했다.

"재미있단 말이지. 모르는 건지, 아니면 모른 척하는 건지."

싱글벙글 웃는 강용안의 얼굴과 다르게 안주원의 얼굴은 딱딱하게 굳어 가고 있었다.

"엄마가 암으로 힘들게 고생하다가 죽어 버렸는데 아비라는 작자는 접대받으면서 행복하게 살았다는 사실을 알게 된다면 과연 딸의 기분은 어떨까? 아, 그러고 보니 딸년은 중요한 게 아니겠군. 국민들이 자네를 어떻게 보겠나?"

검찰이 강용안에게 넘어갔다는 것.

그건 단순히 검찰과 강용안이 친하게 지낸다는 의미만이 아니다.

검찰이 가진 캐비닛, 그게 넘어갔다는 의미다.

그리고 그게 심각한 문제였다.

부패한 정치인들이 검찰에게 꼼짝도 못 하는 가장 큰 이유가 뭘까?

그건 다름 아닌 검찰이 소유하고 있는 캐비닛 때문이다.

그걸 여는 순간 자기는 죽으니까.

“딸은 아빠가 자길 버리고 간 것도 모르고 그저 교통사고로 죽었다고 안다지? 그 어미도 참 독해. 뒈지는 순간까지 자네에 대해 입도 뻥끗 안 하고.”

“그런 적 없어!”

“그래? 확신해? 요즘은 유전자 검사 기술이 좋아져서, 시료를 맡기면 사흘 안에 결과가 나온다고 하더라고.”

강용안의 말에 안주원은 인정할 수밖에 없었다.

이건 이길 수 없는 게임이었다.

‘애초에 이런 거였나?’

어차피 송정한이 없었어도 자신은 대통령이 되지 못했을 거다.

선거 직전에 강용안이 이 사실을 터트렸다면 자신은 생매장당했을 테니까.

실제로 한때 가지고 논 여자가 있었고, 돈 좀 쥐여 주면서 연락하지 말라고 했다.

나중에야 그 여자가 자기 몰래 딸을 낳았다는 걸 알았다.

하지만 그때는 이미 정치계에 들어와서 미래를 준비하던 시점.

아직 미혼이기는 했지만 급이 안 맞는 장난감과 결혼하는 건 말이 안 된다 생각했다.

그래서 조폭을 보내서 흠씬 두들겨 패고, 연락하면 딸과 함께 죽여 버리겠다고 했었다.

그런데 그걸 어떻게?

'젠장.'

그걸 아는 건 조폭들뿐이다.

그리고 그 조폭들이 그 후에 어떻게 되었는지는 모른다.

'잡혔나?'

그렇다면 경찰이 알고 있다 해도 이상할 게 없다.

아니, 그건 중요치 않다.

중요한 건 이게 새어 나가면 정치인으로서의 미래뿐만 아니라 사람으로서의 미래도 생매장당한다는 거다.

"뭘…… 원하지?"

"말이 짧군."

"……."

"뭐, 같이 죽고 싶은 거 보지? 나야 뭐 내 아들놈만 군대 보내고 좀 잠잠해졌을 때 내보내면 그만이지."

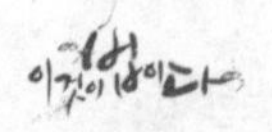

강용안은 지금까지와 달리 아주 차갑게 말했다.

"과연 너도 그럴 수 있을까?"

"뭘…… 원하십니까?"

"지지 선언. 그리고 후보 사퇴."

"하지만……."

아무리 자신이 불리하다지만 무조건 그런 행동을 할 수는 없다.

대외적으로 적당한 핑계가 있어야 한다.

더군다나 자유신민당과 민주수호당은 사실상 철천지원수가 아닌가?

방송 카메라 뒤에서는 물고 빨고 호형호제하고 룸살롱을 같이 다닌다 해도, 유권자를 설득하기 위해서는 뭐라도 이쪽에서 받는 게 있어야 한다.

"국무총리 자리를 주지."

"국무총리 자리?"

"그래. 그 자리를 기반으로 다음 대선을 노려 보라고."

"……."

"거절한다면, 알지?"

그 말에 안주원은 조용히 고개를 숙였다.

"잘 부탁드립니다."

하지만 그 인사를 받으면서 강용안은 비웃음을 날렸다.

'지랄하네. 국무총리는 무슨. 넌 내가 대통령이 되는 순간

감옥행이야.'

반대로 안주원 역시 머릿속으로 계획을 짜고 있었다.

'일단 이 새끼 탄핵시킬 방법부터 찾아야겠군.'

그들의 동상이몽 속에서 그렇게 두 집단의 연합이 탄생되었다.

최후의 발악

자유신민당과 민주수호당, 거국적 결단

강용안 후보와 안주원 후보의 대통합

대한민국, 이제 갈등에서 화합으로

화합에 남은 장애물은?

"지랄 났네요, 아주."

"혼란스럽군."

노형진은 테이블에 가득한 신문들을 보면서 혀를 끌끌 찼다.

강용안과 안주원의 대통합.

정확하게는 안주원이 강용안에 대한 지지 선언을 한 후 후보에서 사퇴했다. 그리고 강용안은 대통합을 두 손 들어 환영하면서 안주원에게 감사 인사를 건넸다.

"어떻게 생각하나?"

"뻔하죠. 강용안이 뭔가를 가지고 안주원을 협박했을 겁니다. 그리고 그건 아마도 그 딸 문제일 거고요."

"딸이라……. 그 제3의눈에 들어온 제보 말인가?"

"네."

"미친놈. 우리가 모른다고 생각하는 걸까?"

"처음 한 번이 어렵지, 두 번째는 그렇지 않다는 걸 모르는 거죠."

안주원은 자신과 놀아난 여자를 위협해서 다시는 자신을 찾아오지 못하게 했다.

그리고 한 5년쯤 지난 후 그가 두 번째로 국회의원이 되고 얼마 지나지 않아 그 조폭들은 경찰에 잡혔다.

조폭들은 형량을 줄일 목적으로 자신들이 아는 걸 다 불었고, 그렇게 안주원의 딸 문제는 경찰과 검찰의 캐비닛에 조용히 보관되었다.

"그놈들이 출소 후에 팔 거라는 생각을 하지는 못했나 보네요."

그렇게 감옥에 갔던 놈들은 출소 후에 먹고살 방법이 없었다.

범죄자를, 그것도 교도소까지 다녀온 조직폭력배를 받아 줄 회사는 없었으니까.

그래서 그들은 자신들이 아는 것, 특히 정보가 되는 걸 팔기로 했다.

바로 그때 안주원에 대한 정보가 이쪽으로 넘어온 것이다.

"그러고 보니 그건 왜 안 터트린 건가? 그냥 터트렸으면 이런 일이 터지기 전에 날려 버릴 수 있었을 텐데."

"우리의 목적은 정치지, 누군가의 인생을 날려 버리는 게 아니지 않습니까? 그 따님이 비밀로 해 달라고 하셨습니다."

"따님 쪽에서? 설마 자네가 가서 알려 준 건가?"

"아닙니다. 유언장에 내용이 있었다고 하더군요."

물론 찾아간 건 사실이다.

하지만 정치와 상관없는 평화로운 삶을 살고 있다면 아예 이 자료는 폐기할 목적으로 확인차 찾아간 거였다.

아무리 안주원의 딸이라 해도 자신의 삶을 살아가는 여성의 삶을 박살 낼 수는 없으니까.

"그런데 안주원이 보냈냐고 묻더군요."

노형진이 자신을 변호사라고 소개하자마자 안주원이 보냈느냐고 물었고, 그녀에게서 상황에 대해 들었다고.

"어머니가 돌아가시면서 유언장을 남겼다고 하네요. 너무 힘들면 아버지를 찾아가 도움을 받으라고요."

"그런데?"

"자기는 인간의 자식이고 싶지 짐승의 자식이고 싶지는 않다고 하더군요."

"이해가 가기는 하는군."

자식을 버린 것도 모자라서 혈연을 부정하기 위해 폭행까지 불사한 인간이다.

그런 놈을 부모로 인정하고 싶지는 않으리라.

"그래서 그 자료는 일단 사용하지 않기로 했습니다."

"폐기가 아니고?"

"위협을 느끼더군요."

조폭을 보내서 엄마도 두들겨 팬 아버지이니, 자기가 살아 있는 걸 알면 혹시나 자기가 입을 열지도 모른다는 생각에 무슨 짓을 하려 들지 모른다.

"그러니까 그걸 폐기는 하지 말고 혹시나 자기가 의문사나 습격을 당해서 깨어나지 못하는 상황이 오면 공개해 달라고 하더군요."

"허, 개놈의 자식이군."

노형진의 말에 송정한은 혀를 끌끌 찼다.

"그런 약점이니 아무래도 안주원이 물러날 수밖에요."

강용안은 아들이 사고를 친 거고, 물론 본인도 사고를 치기는 했지만 그건 어디까지나 아들을 지키기 위한 것이었다는 변명이라도 가능하다.

"하지만 안주원의 경우는 아예 변명 자체가 안 되는 일이니까요."

"그건 그렇군. 그나저나 이걸 어쩔지 모르겠군."

"생각보다 그런 쇼에 넘어가는 사람들이 많더군요. 하긴,

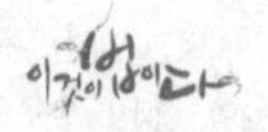

언론에서 대통합이니 뭐니 하면서 필사적으로 빨아 주고 있으니."

언론에서는 이번 사태에 대해 이상하게 생각하지 않았다.

상식적으로 민주수호당 후보가 자유신민당 후보에게 지지 선언을 한 말도 안 되는 상황인데, 그 부분을 이상하게 여기는 건 코리아 타임라인뿐이고 다른 곳들은 대통합이니 구국의 결단이니 하면서 빨아 주느라 정신이 없었다.

"안 봐도 뻔하죠. 언론에서는 송 의원님만 막으면 된다고 생각할 겁니다."

"그러겠지. 문제는 이게 무시할 수 없다는 거야."

강용안과 안주원의 삽질 이후에 송정한의 지지율은 무난하게 대통령이 될 수 있는 수준까지 올라왔다.

하지만 두 집단이 손을 잡으면서 대혼란이 찾아왔다.

웃기게도 민주수호당의 지지 세력 중 일부가 안주원의 지지 선언에 따라 강용안을 지지하면서 튀어나온 것.

"이러니까 정치하는 놈들에게는 미래니 신념이니 하는 게 없다는 비웃음을 사는 거야."

진보? 보수?

개인의 정치적 신념이 어떻든, 누가 뭐라고 하겠는가?

그걸로 치고받고 하더라도 결국은 자기 선택이고, 전쟁할 게 아니라면 생각을 바꾸라고 윽박지를 수도 없다. 그런다고 바뀔 것도 아니고.

하지만 단순히 '나는 저놈이 싫어. 내가 지지하는 사람하고 반대야.'라는 이유로 정치적 신념을 버리고 정반대의, 철천지원수나 마찬가지인 정당을 지지하다니.

"말씀하셨듯이 문제는 그게 무시할 만한 게 아니라는 거죠."

"그렇기는 해. 역전당했으니 말일세."

현재 지지율은 송정한이 34%, 강용안이 41%다.

오차 범위 밖인 건 둘째 치고, 이 정도면 얼마 남지 않은 선거기간 내에 뒤집는 게 거의 불가능에 가깝다.

"남은 25%는 부동층이겠지?"

"안전하게 10% 정도는 군소 정당 지지 세력으로 빼야 합니다."

"그러면 남은 건 15% 정도라는 건가?"

"네."

"아슬아슬하군."

"거기다 투표율도 생각해야지요."

"투표율? 아, 그렇지."

노형진의 말에 송정한은 긴 한숨을 내쉬었다.

한국의 투표율은 매년 떨어져 왔다. 60%도 안 된 지 오래다.

"투표율이 높으면 송 의원님이 유리하겠지만 그게 아니라면 송 의원님이 불리할 수도 있습니다."

"애매하군. 지금이라도 군소 정당과 손잡아야 하나?"

그 말에 노형진은 고개를 흔들었다.

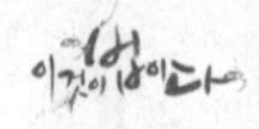

"그러면 과도한 요구를 할 겁니다. 아마도 터무니없는 요구를 하면서 이권을 챙기려고 하겠지요."

"그러겠지. 그런데 이러다 지면?"

"흠……."

노형진은 한참 고민했다. 그러다가 이내 씁쓸하게 말했다.

"일단은 제가 나서는 수밖에 없을 것 같군요."

"이번에는 의뢰도 없고 저쪽에서 자네를 선공한 것도 아닌데?"

"그렇기는 하지만, 어찌 되었건 강용안이나 안주원이나 저한테 한 방씩 먹었습니다. 그들의 성향을 생각해 봤을 때 대통령이 되면 보복을 안 할 리가 없죠."

"단순히 그 이유로 자네가 선거에 개입한다고? 그건 자네 스타일이 아닌데. 애초에 그 두 사람이 뭘 해도 자네를 건드리지는 못할 텐데?"

그 말에 노형진은 고개를 끄덕거렸다.

사실 강용안이 대통령이 된다 해도 마이스터와 미다스에게 손댈 수는 없다.

그런 짓을 하려 한들 국회의원들이 병신도 아니고, 가만히 두고 볼 리가 없다.

"어쩌겠습니까? 뭐, 어찌 되었건 개입한 거나 마찬가지인데."

"하긴, 그것도 그렇군."

의뢰를 받아서 했건 스스로를 지키려는 것이었건, 결국 저들 입장에서는 노형진이 선거에 개입한 것이다.

애초에 사정을 이해할 놈들도, 그걸 협상으로 풀어낼 수 있는 놈들도 아니니까.

'더군다나 요즘 러시아 분위기가 영 심상치 않단 말이지.'

원래 역사대로 전쟁이 난다면 대한민국에는 좀 더 강한 자원과 지탱할 힘이 있어야 한다.

그렇지 않으면 회귀 전과 같이 수많은 사람들이 고통스러워하며 목숨을 잃을 수도 있다.

'어쩔 수 없지.'

노형진은 이번에는 어쩔 수 없이 개입하기로 마음을 굳혔다.

"가장 큰 이유는 강용안이 러시아-우크라이나 전쟁에 제대로 대응할 수 있을지 확신이 안 선다는 겁니다."

"하긴, 전쟁이 문제가 아니지."

"네."

전쟁은 우리 문제가 아니다.

사실 한국이 참전국도 아니고, 무기를 지원하지도 않았으니까.

그러나 러시아로 인해 세계경제가 흔들리는 상황에서 한국의 삶을 유지하기 위해서는 마이스터의 힘이 절실하다.

'그런데 강용안이 지랄을 하면 상황이 달라진단 말이지.'

노형진이 미다스로서 한국에 지원이야 해 줄 수 있지만 마이스터에 있는 자산은 미다스의 개인 자산이 아니라 투자자들의 자산이다.

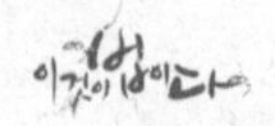

강용안이 기분 나쁘다고 적대하면 투자자들도 한국에서의 투자를 회수하라고 성화일 테고, 그렇게 되면 회귀 전보다 훨씬 심각한 혼란이 올 수도 있다.

"자네가 나를 도와준다고 하니 그거야 고맙지만, 어떻게 도와줄 건가? 이제 와서 뭘 더 도와줄 수 있는 게 없을 것 같은데."

이제 투표까지는 채 열흘도 남지 않았다.

그사이에 뭘 해도 유의미하게 지지율이 올라가는 건 《수능 10일 완성》 같은 책 한 권 보고 한국대에 가겠다는 것만큼이나 말도 안 되는 소리다.

"뭐, 투표 복권 같은 거라도 해 보려고?"

"아니요. 그건 분명 말이 나올 겁니다."

"어째서?"

"일단 수혜자가 너무 뻔하지 않습니까?"

"뻔하다니?"

"당연히 투표 복권은 청년층이 쓸어 갈 겁니다."

"아, 하긴 그렇지."

실제로 한국의 민간에서 투표 복권이라는 걸 시도한 적이 있다.

그런데 당첨금이 500만 원밖에 안 되었고 그마저도 기부금으로 충당해서, 실질적으로 투표율 상승 효과는 없다시피 했다.

특히 가장 큰 문제는 투표했다는 인증을 하는 게 너무 힘들다는 거였다.

"현장에서 투표용지를 찍어서 올릴 수는 없으니 결과적으로 자기 손등에 투표인을 찍어서 인증하는 수밖에 없는데, 그걸 우편으로 보내겠습니까, 아니면 이메일로 보내겠습니까?"

당연히 SNS 같은 걸로 준비해야 하는데 그걸 준비할 시간이 안 된다. 그리고 제대로 홍보할 시간도 부족하고 말이다.

"가장 큰 문제는 결국 그걸 쓰는 건 청년층이나 장년층이라는 거죠."

노년층은 그런 걸 제대로 할 줄 모르니 그냥 기회를 날릴 거다.

"물론 청년층의 지지율이 높아지면 송정한 의원님이 유리합니다만."

"그렇군. 그게 문제가 될 수도 있겠어."

현실적으로 공정한 척하지만 송정한에게 일방적으로 유리한 시스템.

그러니 강용안은 무조건 그걸 물고 늘어질 거다.

"물론 그걸로 법원에서 싸워 봐야 대통령 선거가 무효화될 가능성은 없지만, 그렇다고 해도 선거 전에 송정한 의원님이 돈으로 표를 사려고 한다는 소리가 나와서는 안 되죠."

"하긴, 반작용이라는 것도 무시할 게 못 된단 말이지."

정치판에서는 예상과 다른 투표 결과가 나오는 경우가 많

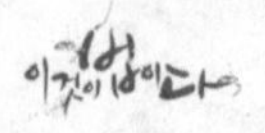

은데, 그런 일이 벌어지는 이유 중 하나가 바로 결집 효과라는 것 때문이다.

자신들이 불리하거나 차별받는다고 생각되면, 귀찮아서 투표하지 않으려던 사람도 분노에 차 투표하러 가는데, 그게 결집 효과를 발휘해서 실제로 선거를 뒤집어 버리기도 하는 것이다.

"그래서 실제로 그런 아이디어를 많이 내지만 정작 투표에 복권을 붙이지는 못하는 거죠."

"만일 복권을 붙이고 싶다면 개인이 아니라 투표권 자체에 복권 번호를 부여해야겠구만."

"그래야 공정하니까요."

그런 이유로 투표에 대한 복권은 불가능하다.

"그렇다고 돈을 주고 지지 선언을 하게 할 건 아닐 테고."

"애초에 그런 게 무슨 의미가 있습니까?"

돈 받고 지지 선언할 정도의 사람이라면 뻔한 수준이다.

진짜 세계적으로 저명한 학자가 지지 선언을 해도 지지율에 영향을 줄까 말까인데, 하물며 돈 받고 지지 선언하는 놈들이 과연 영향을 줄 수 있을까?

"그리고 그렇게 무차별적으로 변하겠지, 생각하면 안 됩니다. 우리가 누구를 노려야 하는지 정확하게 알아야지요."

"누구?"

"부동층요."

"원래 선거는 그런 거 아닌가?"

"네, 그건 맞습니다. 하지만 기본적으로 부동층이라고 해도 내심 어느 정도의 선은 있기 마련이거든요."

이 세상에 완벽한 부동층은 없다.

평소에 티를 내지 않을 뿐이지 어느 정도 저마다의 판단에 따른 기본적인 베이스는 있기 마련이다.

예를 들어 누군가는 때려죽여도 자유신민당이라고 이야기하지만 또 누군가는 '그래도 자유신민당이 경험이 좀 많지 않나?'라고 생각한다.

반대로 '민주수호당이 자유신민당보다는 그나마 낫지.'라고 생각하는 사람도 있고 말이다.

"후자의 경우는 부동층이지만 그래도 기본적으로 최소한의 방향성은 있는 거죠."

자신이 평소 우호적이던 쪽이 진짜 병신 삽질을 하지 않는 이상 그들은 선거가 진행됨에 따라 자연스럽게 자신의 성향에 맞는 쪽으로 넘어간다.

"그리고 사실 이 시점이면 거의 대부분의 사람들이 마음을 정했겠죠."

"그렇기는 하겠구먼."

송정한도 그간의 경험으로 그런 사실을 익히 알고 있기에 노형진의 말에 동의하면서 고개를 끄덕거렸다.

"그러면 15%는 누굴까요?"

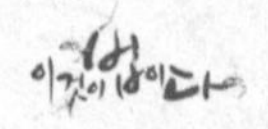

"글쎄, 누구려나? 흠……."

송정한은 그 말에 잠깐 고민했다.

보통 부동층 부동층 이야기하지만 그 이상으로 심각하게 생각해 본 적은 없으니까.

"실제로 부동층은 15% 정도입니다."

물론 선거 이전에는 부동층을 대략 40% 정도로 잡는다.

그들은 실제로 홍보나 그간 정치적 치적 등으로 판단해서 움직인다.

"하지만 이렇게 투표가 코앞까지 닥쳐온 시점에도 아직 마음을 정하지 못한 이들의 비율은 대략 15%입니다. 사실 이 15%는 부동층이라고 부르기도 애매합니다. 정치에 관심이 없다는 소리거든요."

개인이 정치에 조금이라도 관심이 있는데 여전히 어느 쪽도 고르지 못했다? 그럴 수는 없다. 최소한 어느 정도의 심리적인 선택은 이루어지는 게 이 시점이다.

"반대로 말하면, 이 시기의 부동층 15%의 성향은 정치 혐오에 가깝다고 보셔야 합니다."

"정치 혐오?"

"네. '둘 다 개새끼인데 내가 왜?'라는 느낌이 강하죠."

그 말에 송정한의 얼굴이 살짝 굳었다.

그러나 그는 이내 고개를 끄덕거렸다.

"그러고 보니…… 선거운동 회의할 때 단 한 번도 정치 혐오자들에 대해서는 이야기해 본 적이 없는 것 같군."

"그러니까 이상한 거죠."

매일같이 벌어지는 회의의 핵심은 바로 '부동층을 어떻게 공략할 것인가'다.

그런데 정작 그 부동층에서 작게 잡으면 3분의 1, 크게 잡으면 절반 가까이 되는 정치 혐오자들에 대해서는 고민하지 않는다.

"왜 그러겠습니까?"

"답이 없기 때문인가?"

"네, 맞습니다."

한국의 선거 투표율은 무척이나 낮다.

보통 대선은 70%대, 총선은 60%대가 나오고 지선은 50%가 간신히 나온다.

"이상하지 않습니까? 왜 그럴까요? 결국 정치 투표인데. 대선과 총선과 지선의 차이가 그렇게 심한 이유가 뭘까요?"

"확실히 이상하군."

선거 날 쉬는 거야 동일하다. 그런데 왜 그렇게 차이가 날까?

"저는 그 차이가 결국 혐오에서 발생한다고 생각합니다."

"혐오 때문이라고?"

"개인을 보는 것과 집단을 보는 건 다를 수밖에 없죠."

아무리 정치 혐오를 하는 사람이라 해도 대통령이라는 개인 한 사람을 보는 거라면 관심이 갈 수밖에 없다.

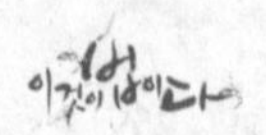

정치판이라는 거대한 흐름을 보는 게 아니라 특정한 개인을 선택하는 느낌이 강하게 들기 때문이다.

"하지만 국회의원은 아니죠."

거대한 정당, 그 부속 중 하나인 국회의원을 뽑는 선거.

더구나 지역구뿐만 아니라 비례대표도 뽑다 보니 '개인을 선택한다.'라는 느낌보다는 '지랄맞은 국회의원을 뽑는다.'라는 느낌이 더 강하게 든다.

"더군다나 국회의원이 병신 짓 하는 게 어디 하루 이틀 일입니까?"

대통령은 그나마 잘하면 잘하는 거고 못하면 못한다는, 개인의 능력에 대한 판단이 가능하지만 국회의원은?

총 사백 명의 국회의원 중 병신 짓을 하는 놈이 꼭 있고 그들이 저지르는 병신 짓이 뉴스의 메인을 탄다.

"하물며 지방선거는 어떤가요?"

존재감도 없는 도의원에 시의원까지 뽑아야 해서 투표 대상만 한둘이 아닌 데다가 진짜 뽑아도 이 사람이 누군지도 모른 게 태반이요 무슨 일을 하는지도 모른다.

"아마 국민들에게 물어보면 자기네 지역구 시의원이 누군지도 모를걸요."

"하긴, 그건 그렇지."

"네. 그런 문제로 결국은 혐오 감정이 더더욱 강해지는 거죠."

어차피 누굴 뽑아도 똥, 그런 느낌이다 보니 투표율은 떨어지는 것이다.

"우리는 그들을 노려야 합니다."

"이미 버려진 패를 말인가?"

"버려진 패라고 생각해서 아무도 신경 쓰지 않죠. 하지만 그렇다고 해서 그들에게 투표권이 없는 건 아닙니다."

노형진은 단호하게 말했다.

"그리고 엄밀하게 말해서 버려진 건 정치입니다. 우리가 그들에게 버려진 거지, 우리가 그들을 버린 게 아닙니다."

그 말에 송정한은 아차 했다.

실제로 그들은 국민이다. 국민이 갑이지 정치인이 갑인 것이 아니다. 그런데 그들을 버림패 취급하다니.

"이거, 나도 정치꾼이 되어 가는가 보구먼."

"다 그런 거죠. 실수는 할 수 있습니다. 하지만 초심을 잃어버리지 않는 게 중요한 거죠."

"그래, 그러면 어떻게 해야 하나?"

"일단은 그들에게 존재감을 부여해야지요."

노형진은 씩 웃었다.

"사람들은 자신을 알아주는 사람을 싫어하지는 않거든요."

⚖

선거란 결국 자신을 어필하는 그런 거다. 그리고 그런 어필에는 당연히 유행도 들어간다.

"우리 자유신민당은 MZ세대에 대한 적극적인 지원을 하겠습니다."

사실 오프라인 토론이나 홍보는 이 시점이 되면 거의 답이 나와 있는 경우가 많다.

애초에 지지 세력이 아니면 오프라인 모임에 나와서 후보자를 만나거나 정책을 들어 보려고 하지도 않으니까.

그래서 투표가 코앞으로 닥쳐오면 후보들은 오프라인보다는 온라인 또는 방송에 집중한다.

그래야 숨겨진, 보이지 않는 표가 추가되기 때문이다.

이제 송정한과 강용안, 둘 중 하나가 대통령이 될 상황에서 방송 토론회가 치열해지는 것은 어찌 보면 당연한 일.

'MZ라……. 이거 참.'

최근 들어 유행하기 시작한 MZ라는 단어에 송정한은 혀를 끌끌 찼다.

'뭐, 예상은 했지.'

갑자기 방송에서 이슈가 되자 개나 소나 MZ 타령을 하고 있으니까.

실제로 강용안은, 노년층은 자신의 확고한 지지자라 생각해서 그런지 선거기간 내내 MZ라는 말을 입에 달고 다녔다.

"그러면 두 분, 자유 토론 시간을 드리겠습니다."

각자의 정책 홍보 시간이 지나고 시작된 자유 토론.

선공은 송정한이었다. 강용안이 MZ에 관련된 말을 할 거라는 건 노형진이 미리 알려 줬으니까.

당연히 그 해법 역시 알려 줬다.

“강용안 의원, MZ세대가 뭔지는 압니까?”

“당연히 알지요! MZ세대는 한국의 젊은 세대 아닙니까!”

“그러니까, 나이가 몇 세부터 몇 세까지죠?”

“그거야…….”

그 질문에 강용안은 살짝 혼란스러워했다.

하지만 이내 기억을 더듬어 자신이 아는 바를 말했다.

“10대부터 40대까지를 말하는 거 아닙니까?”

당당하게 말했지만 자세히는 알지 못했던 강용안은 이어지는 송정한의 말에 혼란스러워졌다.

“그러면 그게 어디에서 시작된 말인지는 아십니까?”

“어…… 그, 세계적인 석학이 한 말로 알고 있습니다.”

‘세계적인 석학이라…… 허허허.’

송정한은 그 말에 비웃음이 올라왔다.

할 말이 없으니 석학이란다. 이름도 말하지 않고.

“MZ세대라는 말은 세계적인 석학이 아니라 《대학 환상》이라는 잡지에서 홍보를 목적으로 창조해 낸 단어입니다. 정치적 사상이나 세대의 구분을 위한 게 아니라요.”

그 말에 강용안의 눈동자가 흔들렸다.

MZ라는 말은 숱하게 썼지만 그 어원은 몰랐으니까.

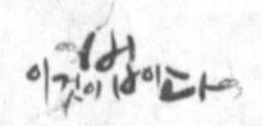

"심지어 그곳조차도 그거 철회했어요. 상식적으로 지금의 10대에서 40대까지를 한 덩어리로 묶어서 이야기하는 게 말이 된다고 생각합니까?"

"그게 왜 말이 안 됩니까?"

"10대부터 20대와 30대, 40대까지가 모두 같은 고민을 한다고 생각하는 게 말이 되느냐 이겁니다."

송정한은 크게 말했다. 그리고 노형진이 말한 대로 더더욱 갭을 크게 만들었다.

'단어가 중요하단 말이지.'

"막말로 지금 40대는 20세기 사람이고, 10대는 21세기 사람이에요! 세기가 달라요, 세기가! 그런데 어떻게 그들을 하나로 묶어서 MZ라고 퉁칠 수 있느냐 이거죠."

세기가 다르다.

그 말은 사람에게 어마어마한 갭을 체감하게 한다.

실제로 21세기에 태어난 아이들은 20세기 사람이라고 하면 '우와~.' 하는데, 생각해 보면 그들의 부모님도 20세기 사람이다.

"크흠, 그래도 그들이 한국을 지탱하는 젊은 사람들이라는 건 변하지 않는 사실입니다."

자기가 코너에 몰린다고 생각하자 강용안은 다급하게 변명했다.

"그러니까 한국의 젊은 세대를 통해 뭔가 해 보겠다 이거죠?"

"맞습니다."

"그런데 MZ세대가 10대부터 40대까지면, 그들과 관련된 정책은 다 달라야 하는 거 아닙니까? 애초에 그들의 관심사가 다를 텐데요?"

"그래서 MZ세대를 위한 임대 아파트의 건축이나……."

"아니, 그게 아니죠."

송정한은 단호하게 뻔한 말을 끊어 버렸다.

"10대는 아직 학교에 다닐 테고 여전히 학업에 열중할 때입니다. 20대요? 20대의 가장 큰 고민은 군대와 취업이죠. 30대? 30대 역시 취업이 관심사일 테고, 그 외에 생활과 독립도 있을 겁니다. 40대는요? 아마도 40대의 가장 큰 관심사는 양육이겠죠. 그런데 그들을 MZ로 묶어서 임대 아파트를 지어서 공급해요? 그러면 10대, 20대는요? 버리는 패입니까? 아니죠. 그리고, 40대는 사실상 자격이 안 되지 않습니까? 40대 신혼부부가 얼마나 된다고요? 그러면 오로지 30대만을 위해 아파트를 공급한다는 말인데."

송정한의 날카로운 공격에 강용안의 눈에는 혼란이 몰려왔다.

'그러겠지. 어차피 해 주지도 않을 거였으니까.'

MZ를 자꾸 입에 담으면서 혼란을 주는 이유.

그건 진짜로 젊은 사람들을 위하기 때문이 아니라 그냥 일단 환심부터 사자, 뭐 그런 속셈이었으니까.

"일단은 군 내부에 있는 그…… 장병들의 월급부터 올리고……."

"장병 월급을 올리는 건 고맙습니다. 그건 저도 동의합니다. 그러면 얼마 전에 터진 장교들 문제는요?"

"장교들?"

"모른 척하지 맙시다. 장교들은 지휘관인데, 지휘관 없이 군대가 굴러가겠습니까? 그리고 대부분의 하급 지휘관들은 강용안 의원이 말하는 MZ세대입니다. 그런데 그 사람들은 버리는 건가요?"

"그들에게도 월급을 인상하고 기본적인 삶의 질을 향상시켜 줄 겁니다."

"그러면 군무원은요?"

"군무원에게도 월급 상향과……."

"그러면 다른 공무원은요? 형평성 문제가 있습니다만?"

송정한의 말에 강용안은 진땀이 흘렀다.

'니미랄. 이런 이야기는 못 들었는데.'

그냥 MZ만 빨아 주면 좋다고 따라올 거다, 그게 그의 선거 지원단에서 나온 말이었다.

"그리고 결정적으로, 예산은 어쩔 겁니까?"

"……."

예산? 그런 걸 생각이나 했겠는가? 그냥 내지른 말 그대로 공허한 약속인데.

"공약을 하시려면 최소한 실현 가능성이 있는 약속을 가지고 오세요. 아니면 하다못해 실현을 위한 노력이라도 해 보시든가요. 월급을 올려 주는 것도 좋지만, 전쟁터에서 자기 목숨을 지킬 장비는 가질 수 있게 해 줘야 하는 거 아닙니까? 자괴감 운운하면서 2차대전에서처럼 총 한 자루 들고 돌격시키는 군대가 요즘 군대입니까? 이 사진을 보세요. 얼마 전 와해되다시피 한 탈레반도 자기 소총에 조준경은 달고 다녀요!"

사진을 흔드는 송정한의 말에 강용안은 눈을 찡그렸다.

결국 지켜보던 사회자가 재빨리 끼어들었다. 이대로는 강용안만 두들겨 맞을 테니까.

위에서 원하는 그림은 반대로 송정한이 두들겨 맞는 것이지, 이게 아니었다.

"그럼 이제 강용안 의원님이 질문을 하시겠습니다."

그 말에 강용안은 심호흡하면서 송정한을 바라보았다.

'철저하게 발라 주마.'

그는 그렇게 생각하면서 송정한에게 가장 약점이 되는 질문을 던졌다.

"그래서 송 의원님은 군수 부문에 투자를 하시겠다는 겁니까?"

송정한이 이야기한 공약 중 하나가 바로 군 투자를 늘려서 대한민국을 강군으로 만들겠다는 것이었다.

단순히 병사들에게 돈을 주는 게 아니라 실제적으로 그리

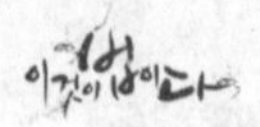

고 실전적으로 싸울 수 있는 군부대를 만들어 어떤 전쟁에서도 승리할 수 있게 하겠다는 것.

"하지만 그건 누가 봐도 마이스터와 정경유착 문제가 있는 거 아닙니까?"

민주수호당인 안주원이 날아갔다지만 알 게 뭔가.

그놈은 꼬리를 말고 도망갔다. 이제 남은 건 자신 하나뿐.

안주원이 던져 둔 떡밥을 자신이 쓰지 말라는 법은 없다.

'군수 지원? 지랄하고 자빠졌네.'

어차피 대부분의 군수 기업들은 강용안과 자유신민당을 지지한다.

특히나 최근 노형진이 마이스터의 이름으로 한국의 수많은 군수산업에 손대기 시작하자 더더욱 위협을 느끼고 있었다.

심지어 마이스터는 자체적으로 소비처까지 있는 놈들이 아닌가?

그러다 보니 견제 차원에서라도 자유신민당과 손잡은 게 사실이었다.

"정경유착의 문제가 아니라 미래의 문제죠."

"미래?"

"그렇습니다. 조만간 강대국에서 전쟁이…… 크흠, 이건 넘어가도록 하지요."

그 말에 순간 분위기가 싸늘해졌다.

그도 그럴 게, 그냥 무시할 수준의 말이 아니었으니까.

"그게 무슨 말입니까? 강대국에서 전쟁이라니."

러시아와 우크라이나의 문제는 당연히 1급 기밀이기에 대통령과 일부를 제외하고는 아직 공개되지 않은 상황.

"음, 이건 아직 말할 타이밍이 아닌 듯하니 넘어가죠."

"왜 말을 못 한다는 거죠?"

"설마 국가의 1급 기밀을 공중파에서 말하라는 겁니까?"

송정한의 말에 강용안은 꿀 먹은 벙어리가 되었다.

'그러겠지.'

자기는 아무것도 몰랐다. 그런데 송정한은 뭔가를 알고 있다.

일단 능력 차이가 난다는 걸 이처럼 대놓고 이야기하는 경우는 드무니까.

"간첩 행위를 했다는 겁니까?"

"간첩 행위라……. 도리어 어이가 없군요. 대한민국의 미래가 걸린 일입니다. 전 세계적인 전쟁이 코앞인데 그걸 모르는 게 더 문제 아닙니까?"

"1급 기밀이라면서요!"

"기밀은 기밀이고, 시류도 읽을 줄 모르면 안 되죠. 우리는 그걸 무능이라고 표현합니다."

그 한마디에, 원래 정경유착을 공격하려고 했던 강용안의 공격 포인트는 완전히 흐트러졌다.

"중요한 건 이겁니다. 미래의 우리는 전쟁을 피할 수 없습니다. 국민들이, 아니 우리 장병의 부모님들이 단순히 월급

조금 올려 주는 걸 원하겠습니까, 아니면 자식이 전쟁터에서 몸성히 살아 돌아오기를 원하겠습니까?"

송정한의 말에 강용안은 덜컥 겁이 났다.

돈 좀 받는 거? 그거야 세상이 평화로울 때의 이야기다.

이 세상의 어떤 부모도 자식이 전쟁터에서 죽어 나자빠지는 걸 원하지 않는다.

"하지만 전쟁이 터질 거라는 건 당신의 착각 아닙니까?"

"착각이라……. 그랬으면 좋겠네요. 하지만 현실은 현실일 뿐입니다. 우리도 결국 휘말릴 수밖에 없는 전쟁입니다."

전쟁이 벌어질 수도 있다는 갑작스러운 말에 결국 그날의 토론은 개판이 되어 버렸다.

⚖

"자네 말대로 전쟁 이야기를 하기는 했는데, 정말 이게 먹힐까?"

"글쎄요. 중요한 건 결국 그놈의 정경유착을 닥치게 만들었다는 거죠."

송정한은 걱정스럽게 말했다.

전쟁이 날 거라는 이야기를 한 건 노형진이다. 하지만 아직까지 변화가 없었다.

"하지만……."

“걱정하지 마세요. 분명 터집니다.”

노형진은 확신을 가지고 말했다.

원래 역사와 다르게 비틀린 부분이 있어도, 그리고 그로 인해 시기가 뒤죽박죽이 되었어도 러시아에서 정보를 끊임없이 모으고 있다.

이미 군부대가 국경으로 출발한 상황.

‘러시아는 어떻게 해서든 라스푸티차를 피하고 싶겠지.’

원래 역사와 일정이 조금 달라질 수야 있다. 당장 대통령 선거도 원래보다 좀 더 빨라졌다.

하지만 대자연의 날씨는 역사와는 상관없다.

러시아와 벨라루스 그리고 우크라이나의 길이 녹으면서 펄로 변하는 라스푸티차는 러시아 입장에서는 악몽이다.

그들은 단시간 내에 우크라이나를 집어삼키고 싶어 하니까.

‘시기로 보면 지금이 아니면 여름.’

하지만 여름이라고 편한 건 아니다.

라스푸티차가 일어나는 이유는 얼었던 땅이 녹으면서 습기를 먹기 때문인데, 여름이라고 해도 덜할 뿐이지 습기가 없는 건 아니니까.

“이럴 거라면 차라리 지금 터져 줬으면 좋겠군. 아, 이런 말 하면 너무 속 보이나? 허허허!”

“속이 보이기는 합니다만 어쩌겠습니까, 저쪽에게 넘어가면 나라가 흔들리게 생겼는데. 일단 가장 먼저 해야 할 것은 부동층, 아니 정치 혐오 계층을 흔드는 겁니다. 그러기 위해서는…….”

다음 계획을 실행하려는 찰나, 갑자기 문이 벌컥 열리면서 얼굴이 상기된 당직자 한 명이 안으로 뛰어들어 왔다.

“무슨 일입니까?”

“소…… 송 후보님! 큰일 났습니다!”

“무슨 일인데요?”

“저…… 전쟁입니다! 전쟁!”

“전쟁?”

“러시아가 우크라이나에 선전포고 했습니다!”

그 말에 노형진과 송정한의 얼굴이 딱딱하게 굳었다.

가장 피하고 싶던 일이 터졌다.

⚖

러시아-우크라이나 전쟁.

러시아에서는 특별 군사작전이라고 불리는 이 전쟁은 원래 역사보다 며칠 늦게 시작되었다. 그러나 그 충격은 여전했다.

“미친 듯이 몰려가는군.”

“러시아니까요.”

전 세계 2위의 강대국. 그리고 기갑의 나라.

그들은 자신들의 기갑을 이끌고 당당하게 침략을 했다.

강용안과 안주원은 위기 때마다 간절하게 자신들의 범죄를 덮을 게 터지기를 원했었지만 이번 전쟁은 그 타이밍이 맞지 않게 터져 버렸다.

더군다나 터진 시점이 하필 송정한이 전쟁을 언급하고 한국 안보의 심각함에 대해 이야기한 상황이라 더더욱 그랬다.

"누구도 돈 몇 푼에 목숨을 팔고 싶지는 않으니까요."

월급 몇백? 그거 올려 주느라고 불량 방탄판이 지급되거나 야간전투 능력이 떨어진다거나 하면?

결국 사람을 갈아 넣어서 싸우는 수밖에 없다.

"아들이 죽을 수도 있다는 데서 발생하는 스트레스는 엄청나게 심하죠."

하물며 자기가 죽을 수도 있다는 데서 발생하는 스트레스는 어떨까?

얼마 전까지만 해도 송정한은 강용안보다 지지율이 낮아 어떻게든 뒤집어야 하는 상황이었다.

"그런데 하룻밤 사이에 완전히 뒤집어졌군."

"남의 일이 아니니까요."

러시아는 북한과 밀접해 있고 북한에 막대한 지원을 하는 나라다.

물론 지금이야 한국과 친밀하지만 그렇다고 해서 한국과 동맹이거나 한 건 아니다.

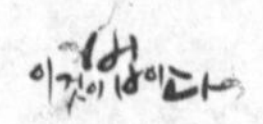

"아시겠지만 전쟁 시 이끌 수 있는 리더와 평화 시에 이끌 수 있는 리더는 완전히 다릅니다."

"그걸 예측한 나와 예측하지 못한 강용안의 차이는 크다 이건가?"

"네. 그리고 그 결과 차이는 더더욱 크게 날 거고요."

얼마 전까지만 해도 송정한을 욕하던 여론은 전쟁과 함께 돌변했다.

물론 언론에서는 여전히 강용안을 띄우기 위해 강비어천가를 부르고 있지만, 이미 미래에 대한 대비 능력에서 급이 나뉘어 버린 상황.

그 덕분에 하룻밤 만에 지지율이 뒤집어졌다. 그것도 제법 큰 차이로 말이다.

"이대로는 그대로 있어도 이기는 건 어렵지 않겠군."

"물론 그렇습니다만 그렇다고 방심할 수는 없죠. 더군다나 우리가 앞으로 해야 할 일을 생각하면 더 높은 지지율이 필수입니다."

"하긴 그렇지."

개혁해야 하는 요소가 한둘이 아니다.

국방부도 개혁해야 하고 비정상적인 국가 지출도 바로잡아야 한다.

돈만 먹고 분란만 일으키는 부처들을 날리고 그 돈을 제대로 된 국가 발전에, 하다못해 출산율 상승에 써야 한다.

당장 지금 상황에서는 전쟁이 아니라 저출산으로 나라가 망하게 생겼으니까.

대부분의 국회의원들은 오로지 표만 바라보고 나라가 망하든 말든 신경을 쓰지 않기에 그걸 이끌어 갈 수 있는 건 송정한뿐이었다.

"문제는 그 대부분의 행동이 결국 기득권층과 충돌할 거라는 거죠."

허튼 곳으로 간 예산이 제대로 집행되긴 했을까?

그럴 리가 없다. 온갖 핑계하에 권력자들 주머니를 두둑하게 채워 왔을 것이다.

그런데 그게 날아가게 생겼으니 그들은 필사적으로 저항할 테고, 그걸 꺾기 위해서는 송정한의 압도적 지지율이 필요하다.

"이대로 가만히 있어도 이기기는 하겠지만……."

"이기는 게 중요한 게 아니죠. 사실상 이제 확정된 거니까. 이제 정치 혐오 계층이 선거에 관심을 가지고 다시 제도권으로 넘어오게 만들어야 합니다."

"그래."

이건 생각보다 중요하다.

왜냐하면 그들이 국민으로서 자신의 권리를 이해하고 휘둘러야 국회의원 등의 권력자들이 갑질이나 국민 착취를 하지 못하기 때문이다.

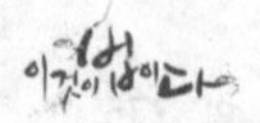

"하긴, 지지율이 낮은 대통령은 식물 대통령이 되기 쉽지."

"이렇게 된 이상 자유신민당과 민주수호당은 송정한 의원님이 식물 대통령이 되기를 원할 겁니다."

그리고 언론은 끊임없이 물어뜯으면서 탄핵 기회를 만들려고 노력할 거다.

"그냥 당할 수는 없지. 그러면 계획대로 하는 건가?"

"맞습니다. 계획대로 정치 혐오 계층을 대상으로 적극적으로 선거운동을 해야 합니다."

그리고 그 계획은 이미 다 짜 둔 상태였다.

⚖

투표는 사람의 미래를 바꾼다. 그리고 그러한 사실을 보통은 안다.

하지만 정치 혐오 계층은 누굴 뽑아도 개새끼라고 생각한다.

왜냐하면 정치인들이 그렇게 생각하기를 원하니까.

정치는 모두의 축제다. 하지만 역설적이게도, 정치에서 기득권층은 정치에 대한 사람들의 관심이 떨어질수록 유리해지는 형태를 보여 준다.

그랬기에 정치인들이 가장 먼저 하는 정책 중 하나가 정치 혐오 정책이다.

국민들이 어떻게 해서든 정치를 혐오하게 함으로써 투표

율을 떨어트려 자기 마음대로 권력을 주무를 수 있는 환경을 만드는 것이다.

그런 그들의 정책은 지금까지는 잘 먹혔다.

하지만 생각지도 못한 상황이 벌어졌고 그 상황에 당사자들은 어리둥절할 수밖에 없었다.

"뭐냐, 이게? 우리 게임에서 선거운동을 하겠다고?"

"네, 그렇다는데요."

"미친 거 아냐?"

게임 회사에 정식으로 날아온 공문.

그건 다름 아닌 게임 내에서 전체 채팅을 통해 선거운동을 하고 싶으니 협조를 바란다는 것이었다.

"아니, 미친 게…… 아니긴 한데요."

보고한 남자는 사장의 말에 머리를 북북 긁었다.

"요즘 뜨지 않습니까? 메타버스."

"아니, 씨팔. 우리가 무슨 메타버스야? 우리는 출퇴근 버스도 운영 안 해."

사장의 썰렁한 개그에 남자는 긴 한숨을 내쉬었다.

"사장님, 그런 거 안 먹힙니다. 그리고 그런 걸 말할 정도로 상황이 좋은 것도 아니고요."

"험험, 설명해 봐."

"메타버스라는 게 뭡니까? 결국 현실과 가상의 경계를 넘어 사회, 경제, 문화 활동을 하는 걸 말하지 않습니까?"

"그렇지."

사실 메타버스의 개념은 아직 불확실하다.

애초에 메타버스 메타버스 하면서 띄워 주고는 있지만 그 개념을 확실하게 잡아 줄 연구도 없었으니까.

하지만 굳이 정리하자면 현실의 경계를 넘어서 들어온 가상현실에 가깝다.

"코델09바이러스로 인해 이게 엄청나게 강해졌거든요."

"그래? 뭐, 배달이 늘었다는 건 아는데."

사장의 말에 남자는 눈을 찡그렸다.

"아니, 그 배달이 문제가 아니라요. 유명 가수가 코델09바이러스 기간에 메타버스 콘서트로 10만 명이나 모아서 콘서트를 하지 않았습니까?"

"그랬었나?"

"네. 그마저도 사람은 더 몰렸는데 서버가 못 버텨서 10만 명만 모인 거고요."

그 말을 들은 사장은 심각한 얼굴이 되었다.

아무리 농담이나 하는 가벼운 성격이라고 해도 사장은 IT업계 종사자다. 당연히 그게 뭘 의미하는지 모르지 않는다.

"화려한 영상이나 VR만이 메타버스는 아닙니다. 개념대로 현실에 접근할 수 있다면, 그리고 현실과 교류할 수 있다면 그게 메타버스죠."

"우리는 온라인 게임인데?"

"그래서 공식적으로 요청이 들어온 겁니다."

만일 계정을 만들어서 마음대로 선거운동을 했다면?

회사 차원에서 그냥 차단해 버렸을 거다.

하지만 공식적으로 요청을 한다면?

"이걸 어떻게 해야 하나?"

아직 불법을 저지른 것도 아니니 차단을 할 수도 없고, 그렇다고 무조건 반대를 할 수도 없고.

"거절할 수는 없겠지?"

"할 수야 있죠. 그런데 그 후에 어떤 사태가 벌어질지 모르잖아요. 정치권에서 얼마나 지랄하는지 아시잖아요?"

"끄응."

한국에서 게임은 완전히 악의 축이다. 그러니 눈 밖에 나는 행동을 해서는 안 된다.

"차라리 나은 걸 수도 있어요."

그런데 의외로 부하의 의견은 달랐다.

"뭐가?"

"메인스트림에 들어갈 수도 있죠."

"메인스트림?"

"네. 솔직히 게임이라는 게 뻔하잖아요."

게임을 하면 총질하는 살인마가 된다.

정치권과 여성계에서 보는 시선은 늘 그 모양이었다.

수십 년간 스트레스 해소가 도리어 인성 발달에 도움이 된

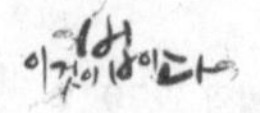

다는 증거가 나왔고 게임이 살인마 양성법이라는 증거는 단 하나도 없었지만, 여전히 시선은 그랬다.

"그렇게 만만하게 때려잡을 수 있는 게 우리 아닙니까, 솔직히."

"음……."

"그나마 웃긴 건 말이죠, 송정한은 우리 쪽에 유리하다는 겁니다. 아시겠지만 자유신민당은 게임에 대해 미친 듯이 때려잡는 걸로 유명하잖아요."

"그건 그렇지. 자유신민당이야, 뭐."

그들은 유흥 자체를 싫어한다.

정확하게는, 노동을 제외한 여가 생활 자체를 극도로 싫어한다.

만화책을 보면 만화책을 불태우고, 소설책을 보면 소설책을 불태우고, 게임을 하면 컴퓨터를 때려 부수는 게 자유신민당의 오랜 역사에서 감출 수 없는 행적이었다.

"하지만 송정한 측에는 노 변호사가 있다면서?"

문제는 노형진도 딱히 게임을 놔둔 건 아니라는 것.

하지만 직원은 고개를 흔들었다.

"그건 아니죠. 애초에 노형진 변호사는 의뢰를 받아서 소송을 한 거고요. 솔직히 그쪽 애들 거는, 그게 도박이지 게임입니까? 그에 반해 우리는 정액제로 운영되지 않습니까? 물론 뽑기가 없는 건 아니지만."

그렇다 해도 최소한 노형진에게 두들겨 맞은 게임들처럼 확률이 0.000000001%대의 괴랄 한 수준은 아니다.

“그쪽은 선만 안 넘으면 그냥 두잖아요.”

“하긴, 그건 그렇지.”

게임이니까 무조건 때려잡는 것과는 완전히 다른 이야기다.

“그리고 이거, 우리가 송정한에게만 기회를 주라는 이야기는 없으니까요.”

“무슨 말인가?”

“송정한이 한다고 하면 저쪽도 하겠죠. 그런데 이게 먹히면 나중에 뭐, 때려잡겠다고 하겠습니까?”

“아, 그런가?”

“그렇죠.”

이쪽에서 허락해서 제대로 홍보가 된다면 다음부터는 이 방식을 계속 이용할 수밖에 없다.

자유신민당에서도 그 사실을 알면서도 ‘게임을 때려잡읍시다.’라고 하지는 못할 거다.

“위험한 건 아니고?”

“우리를 무조건 죽이려고 하는 놈보다는 도와주는 쪽의 손을 잡는 게 낫죠. 거기다가 그쪽에 연락해서 같이할 생각 없냐고 물으면 후환도 없을 테고.”

“그럴까?”

그 말에 사장은 혹했다.

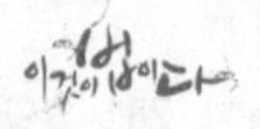

"그러면 그, 공정하게, 알지?"

"네, 걱정하지 마세요. 공정하게 공지 올려서 할 테니까."

부하 직원은 자신은 공정하게 할 거라 다짐했다.

하지만 그가 모른 게 있었으니, 이건 애초부터 공정할 수가 없었다는 것이다.

⚖

"흠, 이야기가 좀 다르네?"

송정한은 온라인, 정확하게는 게임을 이용한 정치 운동과 관련해서 당연히 노형진이 정책 같은 것에 대해 이야기할 거라 생각했다.

하지만 노형진이 제출한 내용은 그게 아니었다.

"다를 수밖에 없습니다. 애초에 우리가 노리는 대상은 정치 혐오를 하는 사람들 아닙니까?"

"그렇지."

"지금 같은 시기에 아무리 모른 척한다고 해도 결국 우리나 강용안의 정책에 대해 완전히 모르지는 않을 거거든요."

"그렇겠지."

"그런데 무시하는 사람들한테 가서 '우리 정책은 이렇습니다.'라고 하는 게 무슨 의미가 있겠습니까?"

아무런 의미도 없다.

게임 내 선거운동이라 신기하다는 마음에 잠깐 찾아올 수는 있다. 하지만 그걸로 끝이다.

"그러니까 다른 쪽을 노려야 합니다. 애초에 온라인 게임을 하는 사람이니 인터넷에 익숙할 테고, 원한다면 언제든 정책 홍보에 능숙하게 접근할 수 있는 사람들이니까요. 그들에게 뻔한 주제를 줘 봐야 관심도 없겠죠. 자기들이 수혜자도 아닌데 관심이 있겠습니까?"

"그래서 우리 방법이 이거라고?"

노형진이 내민 주제는 정책 같은 게 아니었다. 도리어 어떻게 보면 무척이나 감성적인 영역이었다.

"세상을 바꾸는 10%라……."

"네. 선거는 대부분 이미 마음을 정한 30%에 의해 결정되었으니까요."

그래서 선거가 아무리 개판이 나도 결국 일정 선 안에서 투표가 이루어진다.

"아시겠지만 홍안수 이후의 선거도 마찬가지였습니다."

"하긴, 그건 그렇지."

홍안수 이후에 박기훈 대통령이 당선될 때 그가 받은 지지율은 투표자들을 기준으로 49.5%.

그리고 자유신민당 후보의 지지율은 43.2%였다.

"홍안수가 한 짓과 그간 홍안수에게 붙어서 자유신민당이 한 행동을 보면 그 정도 차이는 말이 안 되죠."

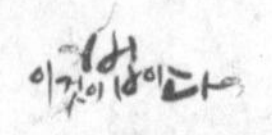

친위 쿠데타를 일으켜 국가를 전복하려고 했던 홍안수다.

심지어 실패했을 뿐이지 실제로 군을 동원하는 데에는 성공했다.

그리고 아무리 몰랐다지만, 자유신민당은 그런 홍안수가 속한 정당이었고 그를 지지하던 정당이었다.

그럼에도 불구하고 지지율이 그 정도밖에 차이가 안 난다?

"때려죽여도 찍을 놈은 찍는다 이건가?"

"맞습니다. 그리고 정치 혐오자들은 그런 걸 싫어합니다."

"그러면 자기들이 선거에 직접 나서면 되는 거 아닌가?"

"그게 문제죠. 송 의원님도 말씀하셨잖습니까, 버리는 패라고."

그 말에 송정한은 움찔했다.

"지지 세력이 있는 건 마찬가지입니다. 그러면 부동층이 움직여야 하죠. 그런데 부동층 내부에서도 정치 혐오자를 배려하는 정치인은 없습니다."

간단하게 말해서 유권자의 표는 하나의 돈이라고 볼 수 있다.

남의 돈 따먹겠다고 간이고 쓸개고 다 내주는 게 정치판인데, 정작 대놓고 '나는 너에게 돈을 주지 않겠다.'라고 말하는 사람에게 잘 대해 주고 설득하려고 하는 사람은 없다.

"그래서 그들의 혐오는 더더욱 굳어집니다."

'거봐, 바뀌는 거 없잖아?', '누가 되어도 그게 그거 아냐?', '정치인 새끼들 뭐 다 똑같지.'

모두 정치 혐오자들이 하는 말이다.

그들은 입으로는 그렇게 말하지만, 동시에 자신들을 봐 주기를 바란다.

"누구도 보지 않는 10%다 이건가?"

"네. 그리고 그런 사람들이 의외로 많이 모이는 곳이 바로 게임이죠. 게임에 젊은 사람들이 많이 모인다는 표현이 정확하겠습니다만."

"나이 먹은 사람들 중에는 혐오자가 없다고 생각하는 건가?"

"당연히 있죠. 하지만 상대적으로 적을 겁니다."

"어째서?"

"그 혐오의 감정이 어디서 오겠습니까? 바로 정보죠. 왜 60대 이상의 사람들 사이에서 자유신민당 지지율이 높다고 생각하십니까?"

"아, 그렇군."

그들은 인터넷이 없는 시대를 살아왔다. 그랬기에 그들은 방송과 언론을 통해 수십 년간 착실하게 세뇌 작업을 당해 왔다.

"그에 반해 젊은 세대는 아니죠."

인터넷을 통해 정보를 습득하고 매일같이 정치의 더러운 면을 보고 듣고 겪었을 것이다.

"그들이 아무리 노력해도 결국 개인일 뿐입니다."

과거에는 세뇌를 통해 저항하지 못하게 하는 게 방법이었다면, 지금은 정치에 혐오감을 가지게 함으로써 방관하게 하는 게 정치인들의 방법이다.

"거기에 뉴스에서 정치인에 대한 건 사실상 정보가 흔하지 않죠."

뉴스에 나오는 혐오적 정치 문화는 특정 정당 또는 개혁 성향의 정치인에 관련된 이야기가 대부분이다.

그런데 그걸 봤으면 보통은 자유신민당을 지지하게 되지, 정치 혐오를 하게 되지는 않는다.

"온라인에 대해서 우리만 신경 쓰지는 않지 않습니까? 지금 인터넷 상태 아시죠?"

"알지."

온갖 거짓말과 가짜 뉴스가 판치고, 각 세력은 그걸 퍼 나르면서 어떻게 해서든 자신과 반대되는 파벌의 이미지를 박살 내기 위해 노력한다.

특정한 곳이 아니라 닥치는 대로 가입하고 불법적으로 구입한 계정으로 계속 문제를 일으킨다.

당연히 지금의 인터넷에는 온갖 가짜 정보가 넘쳐 난다.

그렇다면 그런 가짜 정보를 만들어서 뿌리는 곳이 과연 어디일까?

"방송에서는 세뇌를, 인터넷에서는 혐오를. 그게 정치인들의 수법입니다."

"그 정도까지 한다니, 치가 떨리는군."

송정한은 노형진의 말에 고개를 절레절레 흔들었다.

"그런데 누구도 바라보지 않는 사람들에게 이쪽에서 손을 내민다면 어떻게 되겠습니까?"

그들이 정치를 손절한 건 혐오감 때문이다.

"하지만 그렇다고 해서 아예 이 세상 사람이 아닌 건 아니죠."

노형진은 당당하게 말했다.

"세상이 바뀌리라는 걸, 그리고 그 한가운데 본인이 서 있다는 걸 느끼게 해 주면 그들은 돌아올 겁니다."

그리고 그건 정치인들이 가장 싫어하는 상황일 것이다.

"세상을 바꿀 준비가 되셨습니까?"

송정한은 그 말에 고개를 끄덕거렸다.

"그것 하나만을 바라고 여기까지 왔네."

"그러면 그 단추를 끼도록 하죠."

노형진은 마음을 강하게 먹으며 고개를 끄덕거렸다.

다음 권으로 이어집니다

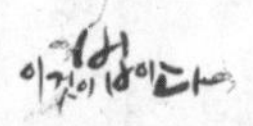